LA 37ᴱ PROPHÉTIE

LES AUTEURS

Avec un silex, on peut fabriquer des flèches ou des outils mais il faut deux silex pour faire des étincelles : c'est sûrement pour cela qu'**Emmanuelle et Benoît de Saint Chamas** écrivent à quatre mains.

Leurs livres, traduits dans différents pays, ont reçu plusieurs prix littéraires dont le prix des Incorruptibles, le prix Saint-Exupéry et le Prix littéraire européen.

Le Louvre occupe une place centrale dans leur vie : Benoît y travaille, Emmanuelle est passée par l'École du Louvre et plusieurs de leurs livres évoquent ce lieu d'émerveillement. C'est lors d'une visite nocturne du musée, à la lumière d'une lampe torche, que leur est venue l'idée de *STROM*, une saga fantastique puisant dans un imaginaire plausible, enraciné dans le réel, un genre qu'ils ont baptisé « rêvalité ».

EMMANUELLE ET BENOÎT
DE SAINT CHAMAS

STROM

TOME 3
LA 37E PROPHÉTIE

Nathan

À nos trois intrépides séides :
Lætitia, Éric et Gaspard.

Et à notre bonne-Maman.

Loi n° 49-956 du 16 juillet 1949 sur les publications
destinées à la jeunesse : mai 2015.

© 2011, éditions Nathan.

© 2015, éditions Pocket Jeunesse, département d'Univers Poche,
pour la présente édition.

ISBN 978-2-266-25811-1

Raphaëlle et Raphaël, jumeaux orphelins, ont été recrutés comme apprentis par la confrérie des Chevaliers de l'Insolite, une société secrète qui dissimule depuis des siècles l'existence de phénomènes supranaturels. En parallèle de leur vie de collégiens, ils sont initiés au Strom, ce pouvoir colossal qui mobilise les capacités inexploitées du cerveau.

À peine promue page, Raphaëlle disparaît mystérieusement. L'Organisation découvre qu'elle a franchi un portail qui l'a propulsée dans le passé. Tristan, son parrain, traverse à son tour le portail pour la secourir. Ils se retrouvent alors tous deux plongés au cœur d'une lutte pour le pouvoir en pleine Égypte antique.

Resté au XXIe siècle, Raphaël met tout en œuvre pour sauver ses proches. Avec l'aide d'un alchimiste de la Confrérie qui tente d'élaborer une « théorie des

portails », il parvient finalement à ramener les nau-
fragés du temps dans le présent. Afin de récompenser
leur bravoure, l'Organisation confère aux jumeaux le
grade de stromillon. Ils reprennent donc leur formation, dans l'espoir de devenir un jour Chevaliers de
l'Insolite.

PROLOGUE

Depuis plusieurs jours, Fang ne pensait qu'à lui, barrait soigneusement sur son carnet intime les heures qui la séparaient du moment tant attendu où, enfin, elle le verrait.

Serait-il comme elle l'avait rêvé ?

Fang ne connaissait ni son visage, ni sa voix, ni même son nom. Simplement son pseudo. Niligram. Ressemblerait-il à son avatar, ce robuste chevalier noir aux allures gothiques, brutal dans ses faits d'armes et pourtant si charmant quand il lui envoyait des messages ?

Combien de nuits blanches Fang avait-elle passées devant son écran d'ordinateur à échanger avec lui, à le suivre dans ses exploits héroïques ? Au fil des semaines, Niligram était devenu l'ami, le confident, le guide dont elle avait toujours rêvé. Et, qui sait ? se prenait-elle à rêver, peut-être cette complicité se muerait-elle un jour en… autre chose ?

Un aboiement la tira de ses rêveries. Fang regarda sa montre. Minuit moins cinq. Elle serra contre elle son petit chat qui miaula affectueusement.

Histoire de faire passer le temps, elle gravit lentement l'escalier du temple connu sous le nom de « pavillon du printemps éternel ». Le lieu le plus tranquille et le plus romantique de la capitale, perché au sommet de la colline de Jingshan.

La jeune Chinoise s'assit sur la plus haute marche et contempla Pékin, véritable océan de lumières qui s'étendait à perte de vue. En face d'elle, fastueuse et imposante, s'étendait la Cité interdite. Fang y était née. Son père travaillait comme gardien dans l'ancien palais des empereurs de Chine. Comme les princesses d'autrefois, elle y avait grandi, à l'abri des murailles géantes, ignorante du monde extérieur. Elle en connaissait chaque recoin.

Fang se remémora sa première sortie en ville, trois ans auparavant. Quel choc ! La foule, les odeurs, le bruit, les embouteillages… non, décidément, elle était mieux dans son palais. Oh, bien sûr, le petit logement de fonction de son père n'avait rien de luxueux, mais elle avait sa chambre.

Le jour, elle travaillait dans l'atelier de peintures sur soie, préparait le matériel pour les restaurations, fixait les soies sur les châssis, mélangeait les couleurs, nettoyait les pinceaux. La nuit, elle peignait des aquarelles, composait des poèmes sur son carnet intime, rêvait.

Pour ses treize ans, le personnel de la Cité interdite s'était cotisé afin d'offrir un ordinateur à la « petite fée de porcelaine » – c'est ainsi que tout le monde la surnommait. Ce fut pour Fang une révélation. À travers cette lucarne magique, elle put visiter le monde tout en restant à l'abri. Et découvrir, aussi, des univers dont elle n'aurait jamais pu soupçonner l'existence, pas même en songe. C'est sur l'un d'eux qu'elle avait rencontré Niligram.

Un craquement de branche morte la fit sursauter. Quelqu'un marchait dans la nuit.

Fang retint sa respiration.

— C'est sûrement lui, Peluche ! murmura-t-elle à son chaton.

Son cœur se mit à cogner dans sa poitrine avec les soubresauts d'une poule prise dans un sac. Dans quelques instants, elle découvrirait enfin son visage, elle lui parlerait.

Une silhouette surgit de l'ombre, s'avança à pas lents, puis s'immobilisa au bas de l'escalier.

— Bonjour, Fang.

Sa voix était à la fois grave et douce.

La Chinoise voulut répondre, mais aucun son ne sortit de sa bouche. Elle resta pétrifiée, incapable de détacher ses yeux de ce visage qui la fixait en souriant.

Sur son carnet intime, elle avait dessiné des dizaines de croquis dans lesquels elle avait habilement mélangé les traits de ses acteurs ou chanteurs préférés. Elle se plaisait à imaginer que son mystérieux ami ressemblerait à l'un de ces visages idéalisés.

Mais Niligram ne ressemblait à aucun de ces portraits-robots.

Il n'était pas beau. Il était… sublime. Jamais elle n'aurait pu composer sur le papier un être aussi magnifique. Et jamais, même dans ses rêves les plus fous, elle n'aurait pu penser qu'un garçon aussi parfait pût exister. Il devait avoir seize ou dix-sept ans. Visage d'Apollon aux traits fins et incroyablement réguliers, regard de braise aux yeux sombres rayonnant comme deux charbons ardents, il était grand et bâti comme un sportif. Il émanait de lui douceur et volonté, grâce et puissance.

Il était éblouissant, presque irréel.

Subjuguée, Fang le vit monter les marches avec assurance.

Peluche cessa de ronronner et fixa brusquement l'inconnu qui s'avançait vers eux.

— C'est une nuit magique, n'est-ce pas ? dit Niligram en arborant toujours ce sourire absolument craquant.

Fang se sentit stupide. Elle était là, comme une potiche, aussi muette et raide qu'une poupée de porcelaine. Qu'allait-il penser ? Elle esquissa à son tour un sourire, un peu crispé.

— Je… je suis contente que tu aies pu venir, réussit-elle enfin à articuler.

Niligram parut étonné.

— Mais pour rien au monde je n'aurais manqué notre rendez-vous, ma douce. J'attends ce moment depuis bien longtemps.

Ma douce… Une chaleur exquise envahit le cœur de Fang. Elle se détendit un peu.

Son chat en profita pour bondir de ses bras et se réfugier sur le socle d'une statue de dragon qui terminait l'une des balustrades du grand escalier de pierre.

— Moi aussi, dit-elle, j'étais impatiente de te rencontrer.

Il la regarda, amusé.

— Je le sais. Je te connais plus que tu ne le crois…

D'une main tendre, il effleura la joue de Fang. Au contact de ses doigts, la Chinoise crut défaillir. Jamais elle n'avait ressenti une telle douceur, une émotion à la fois aussi tendre et violente.

— Je sais que ton chat s'appelle Peluche, ajouta-t-il en s'asseyant sur la dernière marche. Je sais que ta couleur préférée est le jaune, que tu bois du thé au jasmin tous les matins, toujours sans sucre. Je sais que ta passion est l'aquarelle et que tu es d'ailleurs très douée. Je sais que ton acteur préféré est Chow Yun-Fat, ton chanteur préféré Justin Bieber.

Fang s'assit à son tour.

— Mais… je ne t'ai jamais raconté tout cela sur Internet, s'étonna-t-elle.

— Ah non ? dit-il en prenant un air de feinte innocence.

— Tu m'as espionnée ? C'est ça ?

La Chinoise prit un air offusqué. Peut-être l'avait-il épiée chez elle, par la fenêtre ? Fang aurait dû en être choquée, effrayée. Pourtant, bizarrement, c'était tout le contraire. Elle trouvait cela romantique, charmant.

— Je suis furieuse, dit-elle sur un ton qui exprimait l'inverse.

Niligram posa sa main sur celle de Fang.

Un délicieux frisson parcourut l'échine de la jeune fille.

— En plus, ajouta-t-elle en se retournant vers lui, tu sais tout de moi et moi, je ne connais même pas ton prénom. J'ignore tout de toi.

— Que voudrais-tu savoir ? susurra-t-il.

— Ben… ton nom, déjà. Le vrai.

— À toi de le découvrir. L'ombre n'est-elle pas plus séduisante que la lumière ?

Un peu à contrecœur, Fang acquiesça.

— Tu ne veux vraiment rien me dire ? demanda-t-elle timidement.

Leurs yeux se croisèrent, mais elle baissa aussitôt la tête, éblouie. Son regard était brûlant, insoutenable. Il rayonnait. Comme si de l'acier en fusion coulait dans ses veines. Elle se savait assez jolie, mais, à côté de tant de charmes, elle se sentait ravalée au rang de laideron.

— J'ai un petit… cadeau pour toi, se contenta-t-il de répondre.

Il fit un rapide moulinet avec sa main gauche et, comme par magie, un pinceau doré apparut entre ses doigts.

— Magnifique ! s'exclama Fang en le prenant délicatement. Il est en poil de martre ?

— Il est unique. Comme toi.

— Je… je ne peux pas accepter, protesta la Chinoise qui venait de réaliser que le manche était en or.

— On ne refuse pas un cadeau.

Fang examina le pinceau de plus près, admirant la finesse de la pointe faite d'un poil souple et nerveux qu'elle fut incapable d'identifier. Puis elle remarqua de petits idéogrammes finement calligraphiés le long du manche :

Pour ma douce Fang
La vie est une toile vide : elle devient ce que l'on y peint.

Si Niligram lui avait demandé à cet instant de tout quitter pour la suivre au bout du monde, elle aurait accepté sur-le-champ. Le souffle coupé, les pommettes roses, elle ne put réprimer un petit hoquet de bonheur.

— C'est… beaucoup trop.

— Ce pinceau n'est pas… ordinaire, reprit mystérieusement le garçon. Voudrais-tu me faire plaisir ?

— Tout ce que tu veux.

— Alors dessine-moi quelque chose.

La Chinoise écarquilla les yeux.

— Là, maintenant ?

Niligram acquiesça avec un sourire à faire fondre la banquise.

— Mais il fait nuit et je n'ai pas de mat…

Le garçon posa un doigt sur ses lèvres.

— Tu as tout ce qu'il te faut, dit-il en regardant de manière insistante derrière elle.

Fang se retourna. Un chevalet se dressait à quelques pas de la porte du temple, une toile vierge posée dessus.

— Ça alors ! s'exclama-t-elle.

La Chinoise était arrivée au moins une heure avant le rendez-vous, et à aucun moment elle n'avait remarqué la présence de ce chevalet. Sur le sol, près du trépied, il y avait une palette en bois et une boîte remplie de tubes de gouache. Visiblement, Niligram avait pensé à tout. Même à la lumière car, soudain, quelque part, une lampe s'alluma.

Tout cela était étrange, mais cette nuit n'était-elle pas magique ?

Un sourire extatique aux lèvres, Fang mélangea les couleurs sur sa palette.

Avec soin, elle trempa son pinceau dans la peinture noire et, bientôt, la silhouette d'un oiseau perché sur un bambou apparut sur la toile blanche. Son trait était sûr, le dessin d'une délicatesse étonnante. Quand elle eut achevé les contours, elle commença à appliquer les couleurs.

Dans son dos, elle sentait le regard de Niligram. Loin de la déconcentrer, cela l'inspira, car jamais elle n'avait aussi bien réussi ce motif, qu'elle avait pourtant dessiné plus de cent fois.

— Magnifique, s'enflamma Niligram. Tu es très douée.

— C'est grâce au pinceau, dit modestement la Chinoise. Et à toi, ajouta-t-elle tendrement.

Le temps était suspendu, aboli.

En silence, elle acheva son œuvre. Une dernière touche sur l'œil de l'oiseau, pour lui donner un reflet de lumière, et elle abaissa son pinceau.

— On dirait qu'il a envie de s'envoler, observa Niligram.

— Mon père me dit souvent que les oiseaux que je peins ont l'air vivants, confia Fang avec un petit air fier.

— Grâce à ton pinceau, ils peuvent vraiment le devenir.

— Il est magique, comme toi ? dit-elle avec un clin d'œil.

— C'est un peu ça, oui. Tu veux qu'il s'envole ? Alors, souhaite-le fort.

Fang ferma les yeux en souriant.

Presque aussitôt, un pépiement joyeux se fit entendre. Le chant d'un oiseau.

Elle rouvrit les yeux.

Sur la toile, le dessin venait de s'animer. Et ce n'était pas une illusion : l'oiseau avait *réellement* pris vie. Il sautilla sur la branche de bambou, fixa sur Fang son petit œil vif, puis s'élança soudain hors du cadre et s'envola jusqu'à se perdre dans l'obscurité.

La Chinoise se tourna vers Niligram, les yeux ronds.

— Je rêve… souffla-t-elle.

Le garçon eut un petit rire.

— Tu n'as jamais été aussi éveillée. Ce pinceau a le pouvoir de rendre tes dessins réels.

Fang regarda à nouveau la toile sur le chevalet. Le bambou était toujours là, tel qu'elle l'avait peint, mais l'oiseau, lui, avait bel et bien disparu.

Elle fit quelques pas, songeuse, le regard fixé vers un horizon invisible. D'explication, elle n'en trouva aucune. Mais qu'importait, après tout ! Elle se sentait tellement bien ici, avec lui.

— Je voudrais que cette nuit ne se termine jamais, soupira-t-elle.

Après un bref silence, elle reprit dans un murmure plein d'espoir :

— Au fait, pourquoi voulais-tu me voir ?

— La réponse est écrite là, dit Niligram en désignant le pinceau.

Fang le dévisagea d'un air étonné.

— Vas-y, lis.

Sur le manche, les idéogrammes gravés prirent vie, se délièrent, se mélangèrent jusqu'à former un nouveau texte :

*Parce que nous devons faire un bout de chemin ensemble,
ma jolie fée de porcelaine.*

Fang eut un nouveau sursaut de surprise.

— Mais... comment fais-tu tout ça ? Tu es magicien ou quoi ?

— Disons que j'ai quelques talents.

Comme pour illustrer son propos, il allongea ses bras vers la statue de dragon, au pied de laquelle le chaton faisait tranquillement sa toilette. Fang remarqua au passage que le petit doigt de sa main droite était étrange, brun et racorni comme une griffe de rapace. C'était surprenant chez un être aussi parfait. Elle n'eut pas le temps de s'appesantir sur cette anomalie car son attention fut captée ailleurs. Un grondement rauque se fit entendre, très proche, immédiatement suivi par le feulement épouvanté de Peluche qui bondit en bas de l'escalier. Sur le socle de la balustrade, le dragon de pierre venait de se réveiller. La bête ouvrit deux yeux rouge sang, s'ébroua, remua doucement ses ailes. Soudain, elle dressa sa tête hérissée et une immense langue de feu déchira le ciel dans un terrible ronflement.

La bouche de Fang s'ouvrit sur un hurlement muet. Elle ferma les yeux de toutes ses forces.

— Suffit ! ordonna le garçon d'une voix impérieuse.

Il abaissa les bras et, aussitôt, le dragon s'apaisa, reprit sa pose et redevint la statue de pierre qu'il avait toujours été.

Fang était secouée de tremblements.

— À présent, nous devons parler, toi et moi, dit Niligram.

D'un geste ferme, il saisit les épaules de la jeune fille qu'il écarta de lui.

— Le temps presse, ajouta-t-il avec un geste d'impatience. Dans moins de deux mois, tu auras quatorze ans. Cela nous laisse peu de temps.

Sa voix avait changé et son visage s'était brusquement durci.

— Qui... qui êtes-vous ? demanda Fang, soudain inquiète.

— Quelqu'un qui peut faire ton bonheur... ou ton malheur. Cela dépendra de toi.

— Qui êtes-vous ? répéta la Chinoise en reculant de deux pas.

Une grimace crispa les traits de Niligram. Une nouvelle fois, il éluda la question.

— Avec ton pinceau, tu deviendras riche et célèbre.

— Dites-moi d'abord qui vous êtes, insista-t-elle bravement. Et reprenez votre cadeau !

Il fit non de la tête en fermant les yeux.

— Je ne peux reprendre ce que j'ai donné. En échange, tu devras me rendre un service.

— Je... je refuse...

Niligram haussa les épaules, puis tourna la tête vers le bas de l'escalier.

— Tu aimes ton chat, n'est-ce pas ?

Fang n'eut pas le temps de répondre. Le poil hérissé, Peluche sortit du buisson dans lequel il s'était réfugié. Il avançait d'une manière étrange, très raide, comme si une puissance invisible l'obligeait à se mouvoir contre sa volonté. Arrivé sur la première marche, il s'effondra d'un coup et commença à se tordre de douleur en poussant des miaulements abominables.

— Arrêtez ! Arrêtez ! cria Fang.

Comme par enchantement, le calvaire du pauvre animal cessa aussitôt.

Fang se précipita au bas de l'escalier et prit Peluche dans ses bras. Le chaton était très mal en point, mais respirait encore.

— Je dois te faire une nouvelle démonstration ou ce sera suffisant ? demanda Niligram en descendant à son tour l'escalier.

— Vous êtes un monstre ! Que… que voulez-vous de moi ? demanda-t-elle d'une voix tremblante.

— Une goutte de ton sang, le jour où je te la réclamerai.

Une panique incontrôlable submergea Fang. Elle regarda frénétiquement autour d'elle, cherchant vainement du secours. Mais la colline de Jingshan était déserte. Personne ne viendrait avant l'aube. Fuir, elle devait fuir à tout prix. Mais en serait-elle seulement capable ?

— Ne fais pas de bêtise, dit le beau jeune homme d'une voix lourde de menace. Tu es une bonne fille. Tu aimes ton père encore plus que ton chat, n'est-ce pas ? J'imagine que tu ne voudrais pas qu'il lui arrive malheur.

Ces paroles pétrifièrent la petite Chinoise. Désormais, elle savait de quels maléfices Niligram était capable. Elle se mit à pleurer.

— Alors, que décides-tu ? reprit-il.

Anéantie, Fang était dans le désarroi le plus total.

— Je ne sais pas, bredouilla-t-elle. Laissez-moi partir.

— Je repose une dernière fois ma question. Tu as cinq secondes pour répondre. Es-tu avec moi ou contre moi ? Un, deux…

Le visage inondé de larmes, Fang se sentait piégée. Quelle que soit sa réponse, elle sentait que les conséquences seraient funestes.

— … trois, quatre… poursuivait impitoyablement le séduisant maître chanteur.

— Arrêtez, c'est d'accord, lança-t-elle dans un souffle. Mais… ne faites pas de mal à mon père.

Niligram hocha la tête avec une expression de sombre satisfaction.

— Je préfère cela, dit-il. Voilà mes instructions. Chaque matin, tu liras mes messages sur le pinceau que je t'ai offert. Ce sera notre outil de liaison, un peu comme vos téléphones portables. Et le jour où je t'ordonnerai de me rejoindre, tu devras m'obéir sans discuter et sans en parler à personne. Grâce au pinceau que je t'ai donné, tu seras capable de créer tout ce dont tu pourras avoir besoin, l'argent et le reste. Mais je t'avertis : si tu tentes d'une façon ou d'une autre de me trahir, tu seras responsable de bien des souffrances et de bien des malheurs autour de toi. À présent je te laisse, car j'ai un long voyage à faire.

Sur ce, il s'en alla en sifflotant.

Fang le suivit des yeux jusqu'à ce qu'il disparaisse dans l'ombre du sous-bois.

Elle s'affaissa sur elle-même, anéantie. Elle sentait sa propre sueur. Le parfum de la peur. Machinalement, ses yeux glissèrent sur le pinceau d'or où apparurent ces mots :

La brebis craint le loup, même déguisé en cerf.

CHAPITRE 1
PPDS

La fourgonnette se gara à une centaine de mètres de la prison.

La porte arrière coulissa et deux hommes émergèrent du véhicule. Deux techniciens EDF, à en croire le logo inscrit sur leur bleu de travail. Ils jetèrent un coup d'œil circulaire. La rue était vide. Le contraire aurait été surprenant, car il était deux heures du matin. Paris dormait.

Ils s'approchèrent d'une armoire électrique installée à l'angle d'une façade d'immeuble. Le plus âgé des deux sortit un étui argenté d'où il tira une paire de lunettes aux reflets irisés. Il les chaussa et observa pendant quelques secondes l'armoire marron, couverte de tags. La porte s'ouvrit, comme si une main invisible l'avait déverrouillée. L'autre homme entra alors en action. Il alluma sa lampe frontale, farfouilla dans la jungle de câblages électriques jusqu'à isoler un fil.

— Il nous reste combien de temps ? demanda-t-il à son collègue.

— Deux minutes.

Le technicien sortit de sa mallette un appareil électronique qu'il brancha sur le fil en question, observa son écran, fit quelques réglages et dit enfin :

— C'est bon, je le tiens.

Il dénuda le fil pour y connecter une pince crocodile reliée à une sorte de casque téléphonique.

— Je suis prêt.

L'autre regarda sa montre.

— *Just in time !* L'Œil va appuyer sur le bouton dans… cinq secondes.

Ils se tournèrent vers la prison. En haut des murailles, quelques lumières veillaient.

Elles s'éteignirent soudain.

Une demi-minute plus tard, un signal vert clignota sur l'appareil électronique.

— Permanence EDF-sécurité, dit le technicien dans son casque… Oui, nous sommes au courant. Panne de secteur. J'allais vous appeler… Votre système de secours interne a bien pris le relais ? Bien. Il faut que je vous envoie quelqu'un sur place pour rétablir le système principal… Milan. Tristan Milan… Il part à l'instant. Il sera là dans cinq minutes.

Les deux hommes rangèrent leur matériel et refermèrent l'armoire électrique.

Trois adolescents les attendaient dans la fourgonnette. Deux garçons et une fille, luttant contre le sommeil. Tous trois portaient autour du cou une médaille de saint Georges combattant le dragon.

— Prêt, Raphaël ? demanda Tristan.

— Oh que oui, répondit le stromillon en s'étirant. À nous les PPDS !

— Ne vends pas la peau de l'ours avant de l'avoir tué, lança Raphaëlle. En tout cas, tu as intérêt à réussir.

— Fais confiance à l'expert, rétorqua son frère jumeau en rejoignant son parrain sur le trottoir.

— Tu es sûr que tu n'oublies rien ? l'interpella Raphaëlle, l'air narquois.

— C'est bon, je sais ce que je f…

Le garçon se tut, eut un sourire gêné et arracha des mains de sa sœur une casquette, ainsi qu'une petite enveloppe qu'il glissa dans sa poche.

— Raph, si tu te plantes, je t'étrangle, dit-elle en lui jetant un regard noir.

Quand ils furent partis, Raphaëlle poussa un long soupir.

— Je ne sais pas pourquoi, mais je le sens mal, dit-elle.

Arthur, à côté d'elle, sortit de son mutisme.

— C'est quoi cette histoire de PPDS ? Vous n'arrêtez pas d'en parler.

Raphaëlle parut surprise.

— Ton parrain ne t'a rien dit ?

— Je te rappelle que ça fait moins de deux jours que je suis stromillon, expliqua le garçon en agitant sa médaille argentée de saint Georges.

Arthur venait d'être promu, presque un an après les jumeaux. Entré dans l'organisation des Chevaliers de l'Insolite en même temps qu'eux, il avait pris un peu de retard en raison d'un petit dérapage qui avait provoqué son *effacement*. À titre exceptionnel, il avait pu être repêché. Plutôt moins doué que les autres quand il s'était agi de réveiller les forces dormantes du Strom, il avait compensé par son travail acharné et une volonté de fer. Il avait également excellé à l'épreuve de la ligne rouge, épisode gravé dans la mémoire de tous les pages. De sorte que, au final, il s'en sortait assez bien par rapport à la moyenne.

— Et sur ton manuel électronique ? Tu peux accéder à de nouvelles informations, maintenant que tu es habilité au secret de niveau deux.

— Pas encore regardé. Alors c'est quoi, cette histoire de PPDS ?

— Les initiales de « Points Pour Devenir Séide », répondit Raphaëlle. Quand tu es promu stromillon, ton compteur de PPDS est à zéro. Il te faut 1 000 points pour pouvoir être élevé au rang de chevalier.

— Extra ! s'enthousiasma Arthur. Comme ça, on peut voir notre progression. Et comment on les gagne, ces PPDS ?

— Il y a plein de façons. Si tu réussis un examen, tu peux gagner jusqu'à 10 PPDS. C'est un peu comme une note à l'école. Sinon n'importe quel séide peut te suggérer des épreuves pour te faire gagner des PPDS. Et on a même le droit de proposer des défis à nos parrains. C'est d'ailleurs pour ça que nous sommes là ce soir. Nous avons demandé à Tristan l'autorisation de conduire une enquête, il a accepté, et, si nous réussissons ce défi, nous gagnons 50 PPDS.

— Et si vous échouez ?

— On perd 50 PPDS. Ça marche dans les deux sens.

— Et là, vous en êtes à combien de PPDS ? demanda Arthur.

— Lors de la dernière *désoccultation*, j'avais…

— Désoccultation ?

— Tous les mercredis, le niveau de nos points est actualisé. Il y a un compteur dans chaque manuel. Pour l'instant, j'en suis à 337 PPDS et Raphaël à 262, je crois. Et la prochaine désoccultation, c'est demain soir à vingt heures. Enfin… plutôt ce soir, vu l'heure.

Arthur hocha la tête.

— Ça me plaît bien, ça, dit-il. Et le jour où on atteint les 1 000, on devient séide ?

— Ce serait trop simple. Il y a aussi les « points cachés ».

— Keksékça ?

— Les points cachés mesurent notre esprit chevaleresque. Tu sais, des valeurs comme le courage, l'honneur, la justice, l'honnêteté, le respect ou le sens du service. Et ces points-là, on ne les connaît pas. Ils restent secrets.

— Ça veut dire que si tu dépasses les 1 000 PPDS mais que tu es un sale type tu ne deviendras jamais chevalier ?

— C'est exactement ça, acquiesça Raphaëlle.

Arthur pointa un doigt sur sa tempe.

— Donc en gros, les PPDS, ça mesure ça…

Puis il abattit le poing contre son cœur.

— Et les points cachés, ça mesure ça…

— Bien résumé, dit Raphaëlle.

— Ça me semble correct.

Le garçon réfléchit un instant silencieusement, avant de reprendre :

— Et si tu me disais enfin ce qui se passe dans cette prison ? Elle est hantée ? Le directeur est un extraterrestre ? Une colonie de komolks est en train de grignoter les barreaux des cellules ?

— Je vais te répondre mais, avant, laisse-moi te raconter une petite histoire…

Au même moment, à l'entrée de la prison, la voix du gardien de permanence résonnait dans l'hygia-phone.

— Vous êtes le gars d'EDF-sécurité ?

— Tristan Milan, oui, dit-il en souriant à la caméra.

— Placez votre carte devant le capteur électronique.

Tristan présenta la fausse carte que l'Œil lui avait confectionnée pour l'occasion.

— C'est qui, le gamin avec vous ?

— Mon fils, mentit Tristan. Ça l'amusait de m'accompagner. J'espère que ça ne vous ennuie pas ?

L'agent pénitentiaire prit un temps de réflexion avant de répondre.

— Pas très réglementaire mais OK. Je devrai le mentionner dans mon rapport. Attendez-moi, j'arrive.

Quelques instants plus tard, le gardien de nuit leur ouvrait la porte. Ils traversèrent un premier sas de contrôle, puis un second, franchirent deux grilles de sécurité avant d'arriver enfin au PC central.

— À vous de jouer, dit-il en désignant un appareillage électrique incroyablement sophistiqué placé à côté des écrans de contrôle.

Raphaël entra en action. Il chaussa sa paire de scrutateurs et interpella le surveillant.

— Eh, m'sieur, vous avez vu ma médaille ?

— Oui et al…

La médaille de saint Georges se mit à briller, et les pupilles de l'homme se dilatèrent aussitôt. Raphaël attendit d'être certain que le gardien soit totalement en état d'hypnose.

— Il n'y a jamais eu de panne cette nuit, lui dit-il alors. Vous n'avez pas téléphoné et personne n'est venu. Vous allez nous oublier, Tristan et moi. Nous n'avons jamais existé. Vous allez oublier tout ce que vous aurez vu et entendu. Nous serons là, mais vous ne nous verrez pas et vous ne nous entendrez pas, ni maintenant, ni tout à l'heure sur vos écrans de contrôle. Vous allez programmer votre montre pour qu'elle sonne à trois heures du matin et, quand elle sonnera, vous effacerez les enregistrements de vos écrans de contrôle entre deux heures et trois heures du matin. À présent, à zéro, vous allez vous réveiller. Trois, deux, un, zéro. Réveil.

Le regard du gardien reprit son expression normale. Ignorant toute présence autour de lui, il régla sa montre.

Raphaël se tourna vers son parrain.

— Cette fois, je n'ai rien oublié, dit-il fièrement.

— Le plus dur reste à faire, répondit Tristan.

— Je sais, je sais. Prêt pour la suite ?

— C'est toi le chef des opérations. Moi, je me contente de te suivre. Et de surveiller.

— Alors, en route pour le quartier de haute sécurité.

Aidé des meilleurs experts de l'Œil, le stromillon avait piraté les plans de la prison, qu'il avait ensuite mémorisés. Aussi se repérait-il sans aucune difficulté dans le dédale de couloirs. Ils s'arrêtèrent devant une grille qui barrait le passage.

— C'est l'entrée du bloc A, expliqua Raphaël.

Il remit ses scrutateurs et, lorsqu'il fut capable d'observer en transparence l'intérieur de la serrure, son énergie stromique actionna le mécanisme d'ou-verture. La grille était déverrouillée.

— Tu as fait de sacrés progrès, apprécia Tristan.

— Si je n'arrive pas à devenir séide, je pourrai toujours me recycler comme cambrioleur.

Une fois passée la grille, Raphaël commença à compter ses pas, comme s'il calculait la distance par-courue.

— Dix-huit, dix-neuf, vingt… Stop !

Ils s'immobilisèrent.

— Dans cinq mètres, souffla-t-il à son parrain, on entre dans le champ visuel des caméras de surveillance du circuit de sécurité interne. Le PC numéro 2 peut donc nous voir. Et nous entendre, parce qu'il y a aussi des capteurs de bruits. Donc, silence à partir de main-tenant. On communique par télépathie.

Tristan hocha la tête, visiblement satisfait de son élève qui se débrouillait comme un chef.

— *Et alors, qu'avez-vous imaginé avec Raphaëlle pour qu'on puisse passer sans déclencher l'alarme ?* demanda-t-il mentalement. *On se met en état vibra-toire ?*

En guise de réponse, Raphaël tendit un bras, se concentra et sa main devint légèrement floue. Puis elle vira à l'opaque et devint presque transparente.

— *Je n'arrive pas tout à fait à atteindre le point d'invisibilité,* expliqua-t-il dans un SMS télépathique parfait. *Mais on a imaginé autre chose.*

Il se donna un coup sur la tête.

— *Réveil, Sparadrap !*

— *Pas besoin de me frrrapper, sieurrr Rrraphaël,* répondit la casquette.

Confortablement installée sur la banquette de la fourgonnette, Raphaëlle commença son histoire.

— Il y a quelques mois, dit-elle à Arthur, un meurtre horrible a été commis. Une femme a été assassinée. Dix-sept coups de couteau. L'enquête a très vite conclu à la culpabilité de son mari. Ils venaient juste de divorcer et ils n'arrêtaient pas de se disputer. En plus, la caméra de surveillance de l'immeuble l'a filmé : il est entré quinze minutes avant l'heure du crime et on le voit ressortir à peine cinq minutes après.

— Pas très malin, le gars…

— Il a été incarcéré ici, à la prison de la Santé, et il doit être jugé la semaine prochaine. Il risque la perpétuité.

— En quoi ça concerne l'Organisation ? demanda Arthur. Il y a quelque chose d'insolite ?

— Non. Enfin, pas à première vue. Le type a pris une avocate qui se trouve être séide. Il lui a expliqué qu'il était innocent.

— Classique.

— Sauf que son avocate a lu dans ses pensées, et elle a vu qu'il était sincère. Cette nuit-là, il était seul, dans un studio qu'il avait loué.

— Et la caméra de surveillance, alors ?

— C'était bien là le problème. Lui est certain d'être innocent, l'avocate sait qu'il est sincère... et en même temps on le voit clairement sur la caméra.

— Un coup monté ? suggéra Arthur.

— C'est ce que la séide a cru au début. Sauf que la police scientifique a trouvé l'ADN du mari sur le couteau laissé sur les lieux. Et, surtout, l'avocate est allée inspecter la scène du crime et elle a observé une empreinte visuelle très nette. Et le criminel était bien son client.

Arthur resta un instant songeur.

— Je ne vois que deux solutions : soit elle a mal lu dans ses pensées, soit le type est fou et n'a même plus conscience de ce qu'il a fait.

Raphaëlle hocha la tête en souriant.

— Ni l'un ni l'autre, dit-elle. Un autre séide est venu faire une contre-expertise. En dehors de l'Organisation, il est psychiatre. Il est certain à 100 % que le type n'est pas fou et que l'avocate ne s'est pas trompée en lisant dans ses pensées. Lui aussi est persuadé que cet homme risque d'être victime d'une grosse erreur judiciaire. Et en même temps, tout l'accable, absolument tout, y compris son empreinte visuelle.

Arthur eut une moue perplexe.

— Mouais, c'est vraiment Agatha Christie, ton truc. Mais pourquoi vous vous occupez de ça, Raphaël et toi ?

— Tu regarderas dans ton manuel. Quand on devient stromillon, on peut accéder à une nouvelle rubrique « actualités » dans laquelle les séides du monde entier publient des informations sur des affaires délicates ou non élucidées comme celle-là. Avec Raphaël, nous sommes tombés dessus il y a un mois...

— Et vous avez proposé à Tristan de résoudre l'affaire.

— Exactement. Avec une prime 50 PPDS en cas de réussite.

— Et 50 PPDS perdus en cas d'échec...

Raphaëlle approuva de la tête.

— Et je suppose que vous avez trouvé la solution de ce casse-tête ?

Un large sourire fendit le visage de la stromillonne.

— Ça n'a pas été simple, mais oui, finalement, nous avons fini par trouver.

— Grâce à Raph, le roi des énigmes ?

— Eh bien figure-toi que non, justement. Pour une fois, c'est grâce à moi.

Raphaël déposa sa casquette par terre.

— *Bon je dois fairrre quoi, cette fois ?* ronchonna mentalement Sparadrap.

— *Je te l'ai déjà expliqué*, répliqua le stromillon. *Tu te transmutes en parasol. Très léger et de deux mètres de diamètre. Et le dessus doit être exactement de la même couleur que le sol.*

Le komolk se transforma.

— *Beaucoup plus bombé que ça*, ordonna Raphaël. *Les rebords doivent descendre presque jusqu'en bas. Voilà, comme ça, c'est parfait.*

Une sorte de chapeau de champignon gisait à présent dans le couloir de la prison, comme si le sol formait une bosse géante.

Tristan et son filleul se glissèrent sous cet abri léger et mobile.

— *Si nous avançons très très doucement, les caméras de surveillance ne détecteront rien*, expliqua Raphaël.

— *C'est sûr, ça ?*

— *Certain. Nous avons fait des simulations avec les techniciens de l'Œil. Avec une vitesse inférieure à 0,6 kilomètre par heure, impossible de faire la différence entre le sol et le parasol de même couleur. On est absolument invisible. Il faut juste éviter les mouvements brusques. Sparadrap, ajoute une visière au niveau de mes yeux pour que je puisse nous diriger. Toute petite, la fente.*

Ils commencèrent leur progression de fourmis.

— *Ça y est, nous sommes dans le champ visuel des caméras*, dit Raphaël.

— *Le PC numéro 2 est loin ?*

— *Un peu plus de 150 mètres.*

Tristan calcula dans sa tête que, à cette vitesse-là, il leur faudrait un bon quart d'heure pour atteindre l'objectif.

— *Pffffou, il fait chaud là-dessous*, râla Raphaël au bout de quelques minutes. *Sparadrap, tu ne pourrais pas mettre la clim ?*

— *Grrringalet ! Freluquet !* répondit le parasol.

— *Tristan, tu voudrais bien me prêter ton couptou ? Je voudrais voir si ça tranche aussi la chair de komolk.*

— *Sieurrr Raphaël ferrra…*

— *Un piètrrre séide, je suis au courant…*

Tristan sourit. Raphaël et Sparadrap passaient leur temps à se chamailler, alors qu'ils étaient absolument inséparables, presque comme deux amis.

— *Au fait*, reprit le stromillon, *hier à la cafèt' on nous a parlé d'une réunion importante à laquelle tout le monde serait convié. Il paraît qu'on en a parlé sur* Séides-Infos. *Tu es au courant ?*

Le séide se tourna brusquement vers son filleul, visiblement surpris. Ou inquiet.

— *Vous êtes invités aussi ?* demanda-t-il.

— *D'après ce que j'ai compris, tout le monde est convoqué à partir du grade de stromillon.*

Tristan plissa les yeux, comme s'il réfléchissait.

— *Effectivement, il y a une réunion importante dimanche soir dans la salle des prophéties*, répondit-il finalement.

— *Salle des prophéties ? Jamais entendu parler.*

— *C'est au cinquième sous-sol de la Commanderie.*

Raphaël jeta un regard étonné sur son parrain. Il savait que l'accès aux deux derniers sous-sols était strictement réservé aux séides. Seuls des motifs exceptionnellement graves permettaient de déroger à cette règle. Quelques mois auparavant, le stromillon avait obtenu une dispense lui permettant de descendre au quatrième sous-sol lorsque le collège des Chanceliers avait organisé une réunion de crise après la disparition de Tristan et Raphaëlle. Si tout le monde était convoqué au cinquième sous-sol, le motif devait être très sérieux.

— *Tu y es déjà allé ?* demanda Raphaël.

Les traits de Tristan se crispèrent.

— *Jamais*, se contenta-t-il de répondre. *Malheureusement.*

Visiblement, son filleul venait de mettre le doigt sur une vieille blessure.

— *Pourquoi « malheureusement » ?*

— *Concentre-toi plutôt sur ton défi. Regarde, on arrive au deuxième PC.*

Effectivement, ils venaient de déboucher sur une vaste rotonde où convergeaient d'autres couloirs. Une cabine entièrement vitrée, équipée d'écrans de surveillance, occupait le centre de l'espace. À l'intérieur, on voyait un homme assis, de dos. Il jouait au solitaire sur son ordinateur.

— *Tu as de la chance que l'agent soit tourné dans le bon sens, sinon il aurait pu nous voir,* fit observer Tristan.

— *Ce n'est pas de la chance, mais de la stratégie. Dans les plans que nous avons piratés, j'avais repéré le*

positionnement de son poste et nous avons pris le couloir
qui nous permettait d'arriver par-derrière.

— *Admettons. La suite du programme ?*

— *Très simple. Je l'hypnotise, il désactive le système*
de surveillance du quartier de haute sécurité, nous entrons
dans la cellule n° 17. Et voilà.

Quand ils ne furent plus qu'à un mètre du PC,
Raphaël expliqua qu'ils étaient sortis du champ des
caméras de surveillance et que la rotonde était sous
simple contrôle visuel de l'agent de sécurité. Un agent
qui, pour l'heure, était surtout concentré sur sa partie
de cartes. Sparadrap se retransforma en casquette.
Raphaël chaussa ses scrutateurs, brandit sa médaille
et s'apprêta à frapper au carreau.

— *Tu vas l'hypnotiser là, comme ça ?* demanda
Tristan.

— *Ben oui.*

Et le garçon frappa trois coups sur la vitre.

Le gardien se retourna, surpris, et ses pupilles se
dilatèrent presque aussitôt.

La séance d'hypnose fut rapide. L'agent de surveillance fit tout ce qui lui avait été commandé et
poursuivit sa partie de solitaire.

— Tu vois, c'était facile, dit Raphaël avec un petit
air triomphant.

Il tira de sa poche l'enveloppe qu'il avait failli oublier dans la fourgonnette et poursuivit :

— Il ne nous reste plus qu'à livrer le courrier.

— Tu joueras le facteur tout seul, dit Tristan. J'ai un truc urgent à faire, si tu vois ce que je veux dire…

— Pas de souci. Les toilettes, c'est la troisième porte à gauche dans ce couloir. On se retrouve ici dans cinq minutes.

Raphaëlle se servit un verre de jus de tomate dans un bar installé à l'arrière de la fourgonnette.

— Pour être honnête, dit-elle, c'est quand même Raphaël qui m'a permis de trouver la solution. La semaine dernière, nous parlions de cette affaire quand il s'est mis à faire le pitre. Je l'ai traité de clown et il m'a répondu que moi, j'étais le « clone d'un clown ». Et, d'un seul coup, ça a fait tilt. Tu vois pourquoi ?

Arthur eut un geste d'ignorance.

— Voilà ce que je me suis dit. En partant de l'hypothèse que le type en prison était innocent, qui pourrait avoir à la fois son visage et son ADN ? demanda Raphaëlle.

— Je ne sais pas. Son clone ? hasarda Arthur.

— Presque : son frère jumeau, révéla la stromillonne avec un sourire. Nous avons fait des recherches poussées, et nous avons effectivement découvert une chose que tout le monde ignorait. En réalité, la mère de l'homme qui est en prison a mis au monde non pas un, mais deux garçons. Comme elle était seule, elle en a placé un à l'orphelinat et a élevé l'autre. La suite, tu l'imagines…

— Je vois très bien… Un jour, le frère en question découvre la vérité, devient jaloux, va chez son frère, tombe sur sa femme et boum, il pète les plombs et la poignarde.

— Exactement.

— Et votre plan, il prévoit quoi ? Vous voulez faire évader le mari innocent ?

— Non, Raphaël va se contenter de lui donner une enveloppe contenant l'extrait de naissance, ainsi qu'une photo de son frère jumeau et son adresse. L'avocate se chargera du reste. Et nous aurons évité une erreur judiciaire.

— Ça va être sympa, les retrouvailles des deux frangins, fit remarquer amèrement Arthur. En tout cas bravo, je n'aurais jamais trouvé la solution. Ça ferait un beau titre de presse : « Deux jumeaux sauvent un jumeau ».

— « Et emprisonnent un autre jumeau », précisa Raphaëlle.

— Ouais, enfin celui-là, il l'a un tout petit peu cherché. C'est pas parce qu'on a été abandonné et qu'on est malheureux qu'il faut se venger sur des innocents. J'en sais quelque chose…

— Tu es un cas un peu particulier, Ô Pharaon, ironisa Raphaëlle en faisant allusion aux origines royales de son ami.

Quelques minutes plus tard, Tristan et Raphaël arrivaient à la fourgonnette.

— Alors ? s'enquit Raphaëlle.

— Tout est nickel chrome, répondit son frère, rayonnant. À nous les 50 PPDS ! Franchement, on ne les aura pas volés.

Avec un sourire en coin, Tristan regarda les jumeaux se congratuler joyeusement.

Chapitre 2
Un mercredi presque ordinaire

La professeur de mathématiques de quatrième A, de sinistre réputation, avait la détestable habitude de rendre ses contrôles en annonçant à haute voix les notes, par ordre décroissant. Les meilleures copies étaient très vite expédiées, sans commentaire, comme si les compliments étaient étrangers à son répertoire. Elle devenait en revanche intarissable quand il s'agissait de critiquer les devoirs ratés. On aurait dit qu'elle prenait un malin plaisir à humilier publiquement les élèves.

Ce jour-là, c'est Aymeric, l'inséparable ami de Raphaël, qui eut le malheur d'être dans sa ligne de mire.

— Alors là, vraiment, j'ai beau faire des efforts, je ne comprends pas, dit-elle en balançant la tête d'un air accablé. Au début de l'année, on m'avait pourtant assurée que vous étiez un bon élève. Franchement, permettez-moi d'en douter. Votre copie est bourrée d'erreurs de raisonnement, d'approximations. Encore pire que la fois précédente.

Aymeric, pâle comme un linge, la tête rentrée dans ses épaules, encaissait silencieusement. Il avait toujours caracolé en tête de classe, en alternance avec Raphaël et, pour la première fois de sa vie, il se retrouvait dans la peau d'un cancre.

La professeur poursuivit sa litanie de critiques, prenant toute la classe à témoin.

Raphaël en était malade. En vertu de l'équation *Raphaël + Aymeric = Rapharic*, tout ce qui touchait l'un blessait l'autre.

— Regardez, j'ai presque vidé mon stylo-bille sur votre devoir, ajouta-t-elle en ouvrant la copie couverte de rouge. Si ça continue je vais demander à vos parents de m'acheter une boîte de stylos rien que pour vous.

La sonnerie abrégea heureusement la séance de torture.

— Je vous ai mis quatre sur vingt mais, franchement, vous ne les méritez pas, conclut l'enseignante en lui rendant sa copie d'un air affligé. Quant à messieurs Bouchard et Farel...

Elle poussa un soupir, haussa les épaules, rendit les deux derniers devoirs et quitta la classe en maugréant.

En sortant, Bouchard asséna une bourrade amicale à Aymeric.

— Bienvenue au club ! dit-il avec un clin d'œil complice.

Depuis l'affaire Riveran, un an auparavant, Aymeric était devenu une sorte de mascotte. Tout le monde lui était reconnaissant d'avoir débarrassé le collège de cette brute qui terrorisait le collège. Car Aymeric n'avait cessé de raconter comment il avait mis en déroute le caïd et son grand frère, s'attribuant tout le mérite de cet exploit, avec la bienveillante complaisance de Raphaël qui, loin de rétablir la vérité des faits, en avait même rajouté une louche sur l'héroïsme de son ami. Cela le gênait un peu d'encourager les tendances mythomaniaques d'Aymeric, mais cette version arrangée lui évitait d'avoir à fournir des explications plus embarrassantes.

Déjà élevée, la cote de popularité d'Aymeric était encore montée d'un cran au cours des dernières semaines. Surtout chez les filles. Était-ce à cause de ses notes qui, dans le même temps, s'étaient littéralement effondrées ? Ou parce qu'il était devenu triste et sombre, comme ces stars un peu blasées de leur succès ?

Raphaël avait vraiment du mal à comprendre l'étrange mutation de son ami.

Aymeric rassembla ses affaires, l'air absent.

Dans le couloir, un groupe de filles fondit sur lui, se bousculant presque pour lui parler.

— Elle est vraiment odieuse, cette prof ! s'exclama la première.

— Une harpie ! surenchérit la seconde.

— Si tu veux, proposa la troisième, je pourrais te donner des cours de maths ? C'est ma matière forte.

Loin de réconforter Aymeric, toutes ces attentions ne firent que l'exaspérer davantage.

— Fichez-moi la paix ! dit-il.

Il fendit sa troupe d'admiratrices, Raphaël sur ses talons.

— Pourquoi tu les as rembarrées comme ça ? Elles voulaient juste te remonter le moral.

— Elles m'énervent. Tout le monde m'énerve, d'ailleurs.

— Même moi ?

— Non, toi c'est différent.

— Monseigneur est trop bon, tenta de plaisanter Raphaël.

Aymeric ne se força même pas à sourire.

Les deux amis n'échangèrent plus un mot jusqu'à la grille du collège. Raphaël n'avait dormi que deux heures en rentrant de sa mission nocturne dans la prison et il se sentait épuisé. Quant à Aymeric, il restait plongé dans ses mornes pensées.

— Regarde qui est là, lança Raphaël en donnant un coup de coude à son ami.

Parmi les grappes d'élèves qui discutaient à la sortie, il venait de repérer Laurence Durel, dont presque tous les adolescents du quartier étaient amoureux. Mais aucun n'osait l'approcher, parce qu'elle savait éconduire sèchement tous ceux qui lui faisaient des avances. On ne comptait plus les garçons qui s'étaient pris un râteau, au point qu'on avait fini par la surnommer « la Jardinière ».

Aymeric avait eu le coup de foudre pour elle. Mais il avait l'impression d'être complètement transparent à ses yeux. L'année précédente, il avait quand même réussi à lui soutirer une signature sur son plâtre. Mais c'est à peine si elle l'avait regardé.

Ce mercredi-là, pourtant, un petit miracle eut lieu.

— Eh, Aymeric ! lança une voix.

La voix de Laurence Durel.

Elle s'adressait à lui. Elle savait donc qu'il existait. Elle connaissait même son prénom.

Aymeric se figea sur place. Il semblait que ses soucis s'étaient d'un seul coup évanouis.

Sur le parvis du collège, toutes les conversations avaient cessé. C'était la première fois que la Jardinière interpellait un garçon.

— C'est toi qui t'es cassé le bras l'an dernier ?

Un borborygme incompréhensible sortit de la bouche d'Aymeric.

— On m'a raconté que c'est grâce à toi que Riveran a dégagé d'ici.

Cette fois, la réponse d'Aymeric ressembla à un bruit d'évier qui se vide.

Loin de se décourager, la jeune fille poursuivit de plus belle.

— En fait, reprit-elle, j'organise une fête pour mes quatorze ans et j'invite quelques amis. Je voulais savoir si ça te dirait de venir.

Si la jalousie avait donné des ailes, une bonne cinquantaine de garçons se seraient aussitôt envolés.

Aymeric respira un bon coup, se racla la gorge et réussit enfin à articuler deux mots :

— C'est quand ?

— Samedi 15 décembre.

— Ça marche.

— Super, salut.

Aymeric fit deux pas, puis s'immobilisa, comme s'il avait oublié quelque chose. Son visage se crispa, il jeta un coup d'œil nerveux à sa montre et…

— Laurence ! lança-t-il en se retournant à moitié.

— Oui ?

— En fait, j'ai réfléchi et… c'est impossible le 15. Désolé.

Sans donner plus d'explication, il s'en alla.

Tout le monde était stupéfait, Laurence la première.

Raphaël attendit qu'ils soient loin pour interpeller son ami :

— Tu peux m'expliquer à quoi tu joues, là ?

— Je ne joue pas, bougonna Aymeric.

— Attends, ça fait des mois que tu me bassines en me parlant d'elle : Laurence par-ci, Laurence par-là. Et la première fois qu'elle te parle, boum ! tu l'envoies balader. Tu réalises qu'elle vient de se prendre le râteau de sa vie ? Elle, la Jardinière ! Normalement, ça marche dans l'autre sens.

— M'en fiche de cette fille.

Raphaël renonça à comprendre. Il préféra changer de sujet.

— Tu sais, Oran me demande tout le temps de tes nouvelles, dit-il. Ça fait deux mois que tu n'es pas allé le voir.

— Comment va-t-il ?

— Ça va. Il passe son temps à surveiller tout le monde. Il prend toujours très à cœur son rôle d'agent de la SSR. Et il me fait son rapport à chaque fois que je le vois.

Aymeric esquissa un pâle sourire. C'est lui qui avait eu l'idée de faire entrer le garçon trisomique dans la « Société Secrète Rapharic », le petit club que Raphaël et lui avaient créé quelques années auparavant.

— Toujours pas de nouvelles de ses parents ?

— Ben justement, ça fait plusieurs fois qu'il me parle d'une dame qu'il a croisée dans le jardin. Il pense que c'est une espionne, parce qu'il m'a dit qu'elle n'arrête pas de le regarder. Je l'ai vue, la semaine dernière. Dès qu'elle nous a aperçus, elle est partie. Je me trompe peut-être, mais je me demande si…

— Tu penses que c'est sa mère ?

Raphaël acquiesça.

— Ce serait chouette pour lui, dit Aymeric. Et Cybille ? Ça se passe bien dans son nouveau centre ?

— Très bien. Tout le monde est très sympa avec elle. Et elle a fait d'énormes progrès.

Raphaël ne pouvait révéler à son ami que le centre en question n'était autre que la Commanderie du Louvre. La petite fille ayant la double aura, Numéro 7 avait accepté de la prendre en charge. Elle vivait à présent dans l'hôtellerie, au deuxième sous-sol, tout comme Arthur.

— Et si on allait voir Oran ensemble, un de ces jours ?

Le visage d'Aymeric se referma.

— Pas le temps. Je suis… super occupé.

Cette réponse mit Raphaël hors de lui.

— Super occupé ?! explosa-t-il. Mais à quoi, bon sang ? Tu ne bosses plus, tu ne sors plus. Tu passes ton temps à faire le *geek* avec des jeux débiles sur ton ordi. Tu m'inquiètes vraiment, tu sais.

— Ah non, tu ne vas pas t'y mettre, toi aussi ! D'ailleurs, si tu veux le savoir, j'ai jeté mon ordi par la fenêtre la semaine dernière.

— C'est quoi ton problème, alors ?

— Mon problème, c'est vous ! hurla Aymeric. Laissez-moi tranquille, à la fin !

Raphaël n'avait jamais vu son ami dans un tel état.

Il le regarda s'éloigner en se demandant ce qui pouvait bien lui arriver. Problèmes à la maison ? Ou alors, cette fameuse crise d'adolescence ?

Tout cela était étrange.

Décidément, se dit le stromillon, pas besoin d'aller très loin pour croiser l'insolite. Le comportement humain est certainement la chose la plus irrationnelle et mystérieuse qui soit.

Quand Raphaël retrouva Raphaëlle et Arthur à la cafétéria, ils étaient aussi fatigués que lui. D'autres stromillons étaient là, également, ainsi que quelques pages fraîchement promus.

Dans un coin, deux séides faisaient une partie de billard, propulsant les boules non pas à l'aide de queues, mais de leur seule énergie stromique.

— Je n'ai pas dormi de la nuit, dit Arthur, à moitié affalé sur la table. En rentrant de la prison, j'ai voulu jeter un œil à mon manuel. Ça y est, mon compteur de PPDS est apparu.

— Tu as déjà des PPDS ? lança une voix derrière lui.

C'était Hortense, qui ne perdait jamais une occasion d'intervenir dans les discussions des autres. Surtout quand Arthur était là.

— Zéro, répondit le stromillon en levant les yeux au ciel.

— Tu verras, on peut en gagner plein en cours, reprit-elle en déplaçant sa chaise pour s'asseoir à la même table. Moi, par exemple, je vais sûrement dépasser les 200 à la prochaine désocculation. Pas mal, en six mois, hein ?

— Bravo, dit froidement Arthur.

— Il paraît que la moyenne, c'est 300 PPDS par an, donc ça veut dire que je suis au-dessus de la moyenne.

— Re-bravo.

— En tout cas, je suis super contente que tu nous rejoignes… Pharaon. Il paraît que c'est ton surnom ?

Arthur jeta un regard désespéré vers Raphaël.

— Moi aussi je suis super content, dit-il avant de préciser aux jumeaux, par SMS mental : *enfin, je l'étais jusqu'à il y a une minute.*

Raphaëlle se mordit la lèvre pour ne pas rire.

— Je pourrais t'aider, si tu veux. Je suis très forte en chimie élémentale. J'ai même réussi à fabriquer de la patatrou. Tu voudras que je te montre ? C'est facile.

Hortense dévorait littéralement Arthur des yeux. Elle n'avait même pas pris la peine de regarder les jumeaux.

D'abord Aymeric, à présent Arthur… Raphaël avait l'impression que ses deux meilleurs amis étaient devenus des aimants à filles.

— Non, t'es sympa, mais là je suis en train de préparer un défi super difficile, esquiva Arthur.

— C'est quoi ?

— Peux pas en parler.

Mentalement, il ajouta à l'attention des jumeaux :

— *Défi : faire taire Hortense Cordelier pendant une semaine. Récompense : 1 000 PPDS.*

Cette fois, Raphaëlle ne put s'empêcher de s'esclaffer. Hortense lui jeta un regard étonné. Heureusement, l'arrivée très opportune d'Olympe permit de faire diversion.

— Alors, les stromillons, on se la coule douce ?

Il s'assit sur une chaise qui gémit douloureusement sous son poids.

— Il fait soif ici, dit-il en s'épongeant le front.

— Je vous commande un petit jus d'ananas ? proposa Raphaël.

— Volontiers, monsieur Chêne. Et peut-être un petit quelque chose avec.

Une frêle silhouette s'approcha de leur table, un carnet de commandes à la main.

— Vous voulez… déjeuner ? demanda Cybille de sa voix fluette.

Depuis son installation dans la Commanderie, elle avait beaucoup changé. Entourée de toutes les attentions, elle menait à présent une vie quasiment normale même si, de temps à autre, il lui arrivait encore d'avoir quelques absences. Elle suivait des cours particuliers de remise à niveau et Numéro 7 lui avait délégué un komolk-mouchard, de sorte qu'on la considérait presque comme une apprentie, même si elle n'avait pas encore les douze ans requis. En attendant de pouvoir vraiment commencer son apprentissage, elle rendait service à la cafétéria.

Après avoir pris les commandes, elle s'éclipsa aussi discrètement qu'elle était apparue.

— J'espère que vous serez tous là, dimanche soir, dit Olympe. C'est un moment important, historique.

Une fois de plus, Hortense monopolisa la parole :

— Nous avons vu l'annonce dans le manuel, mais elle ne précise pas ce qui va se passer. Vous pouvez nous le dire ?

Le professeur Fleurette ouvrit la bouche pour répondre, mais la stromillonne le coupa aussitôt :

— Ça a un rapport avec les prophéties de Nostradamus, hein ?

— Je…

— Il paraît que Nostradamus était séide, c'est vrai ?

— Eh b…

— Mon parrain m'a d…

Olympe abattit son énorme poing sur la table.

— Cornegidouille, vous allez me laisser répondre !

Arthur sourit béatement. Pour peu, il se serait précipité sur lui pour l'embrasser.

— Bon, reprenons les questions dans l'ordre, enchaîna le professeur. Un : que va-t-il se passer ? Réponse : vous verrez. Deux : y a-t-il un rapport avec Nostradamus ? Réponse : oui. Trois : Nostradamus était-il séide ? Encore oui.

Hortense, le bec cloué, resta silencieuse.

Mais Olympe avait éveillé la curiosité de tous autour de la table, et même aux tables voisines.

— Vous pouvez nous en dire un peu plus sur Nostradamus ? supplia Raphaëlle.

— Bon, après tout je suis votre professeur d'histoire-géographie, commença-t-il sur le ton de la confidence. Michel de Nostredame, surnommé Nostradamus, a vécu au XVIe siècle. Il était une sorte de médecin ou d'astrologue et s'est rapidement fait connaître par ses dons de prophétie. Il est même devenu conseiller du roi de France. Notre organisation, qui s'appelait alors Confrérie des Alchimistes, s'est intéressée à lui, pensant d'abord qu'il s'agissait d'un charlatan, comme il y en avait beaucoup à l'époque…

Tandis qu'il parlait, tous les pages et stromillons de la cafétéria s'étaient tus pour écouter.

— Après enquête, il s'est avéré qu'il avait effectivement ce don très rare de prédiction. Et c'est comme ça qu'il est devenu Chevalier de l'Insolite.

— Il avait la double aura ? ne put s'empêcher de demander Hortense.

— Oui, bien sûr. Mais si vous m'interrompez encore une fois, je m'en vais, crénom de Margilin !

La stromillonne fit semblant de se coudre la bouche.

— Bon. Devenu séide, ses dons de voyance se sont encore considérablement développés. Et le Maëstrom de l'époque a jugé qu'il était dangereux de divulguer toutes ses prophéties. De sorte que celles que Nostradamus a faites dans les dernières années de sa vie sont restées secrètes. Et le plus incroyable dans cette affaire, c'est q…

PATATRAS !

Un bruit violent fit sursauter tout le monde.

Cybille venait de laisser tomber son plateau.

Les yeux démesurément agrandis, elle fixait les jumeaux, regardant l'un, puis l'autre, l'air halluciné.

— Votre tête… elle… brûle ! dit-elle.

Les jumeaux se regardèrent, surpris.

Raphaëlle se leva et prit doucement Cybille par les épaules.

— Mais non, ne t'inquiète pas, tout va bien.

— Si, insista la petite, j'ai vu une grande flamme dans vos cheveux.

Les stromillons se mirent à plusieurs pour réconforter Cybille qui semblait bouleversée.

Par terre, parmi les débris de porcelaine, un gros sandwich s'anima et, sans que personne s'en aperçoive, il vola jusqu'aux mains d'Olympe.

Ce mercredi-là, les stromillons commençaient par un cours de technologie stromique appliquée. Arthur fit la connaissance du professeur, monsieur Lecomte. Dans la vie normale, il était directeur de la sécurité du Louvre. Au sein de l'Organisation, il était chargé de développer les facultés stromiques des stromillons grâce à toutes sortes d'exercices pratiques.

Raphaëlle obtint 5 PPDS en réussissant pour la première fois à traverser, en état vibratoire, un mur de papier sans le déchirer. Elle voulut tenter l'expérience avec une porte en carton, mais le professeur jugea qu'elle n'était pas encore prête et que cela pouvait être dangereux. Arthur gagna son premier PPDS en allumant une bougie (sans avoir le droit, bien sûr, de toucher l'allumette et le grattoir). Raphaël, quant à lui, empocha quatre points en déverrouillant à distance un petit coffre-fort. La fin de la séance fut consacrée à des épreuves de lévitation, discipline que les jumeaux maîtrisaient parfaitement. Ils empochèrent tous les deux 3 PPDS supplémentaires.

Après une brève pause, ils enchaînèrent avec le cours de chimie élémentale approfondie, salle Jacques Cartier. Le professeur Rochecourt distribua aux élèves des bouteilles qui contenaient un liquide de couleur argentée.

— Aujourd'hui, nous étudierons le *mémométal*, annonça-t-il. Videz vos bouteilles sur la table.

Les stromillons obéirent.

— On dirait de l'argent en fusion, dit Hortense en observant le filet visqueux qui s'écoulait mollement de sa bouteille, formant devant elle une sorte de galette aux reflets métalliques.

— Sauf que ça a l'air froid, ajouta son voisin.

— On peut toucher ? demanda Raphaëlle.

Le professeur Rochecourt acquiesça.

La substance avait une consistance très particulière, à la fois gluante, épaisse et élastique. Arthur appliqua lourdement une main sur la galette de mémométal, mais, lorsqu'il la retira, celle-ci reprit aussitôt sa forme d'origine.

— Le mémométal est un alliage combinant du fer et des fragments de différents élémentaux, expliqua le professeur. Je vous épargne les détails sur sa composition chimique, car je voudrais surtout vous parler de ses propriétés physiques. À l'état naturel, vous le voyez, le mémométal ressemble un peu à du mercure. Une sorte de métal liquide et froid…

Il sortit de sa poche une boîte noire qui rappelait vaguement une télécommande, mais avec seulement deux boutons, l'un de couleur verte, l'autre rouge.

— Mais si on soumet le mémométal à un ultrason d'une certaine fréquence, ses propriétés changent.

Le professeur Rochecourt appuya sur le bouton vert.

— À présent, vous pouvez donner à vos galettes de mémométal la forme que vous voulez, dit-il. Allez-y, laissez libre cours à vos talents créatifs.

Effectivement, le mémométal avait pris la consistance d'une pâte à modeler parfaitement malléable. On pouvait la déformer sans qu'elle reprenne sa forme d'origine. Arthur appliqua une nouvelle fois sa main sur le mémométal et, cette fois, son empreinte y resta imprimée. Raphaëlle étira la pâte en maints endroits jusqu'à lui donner une forme de hérisson. Raphaël, de son côté, sculpta grossièrement un komolk.

Quand tous les stromillons eurent achevé leur œuvre, le professeur Rochecourt pressa le bouton rouge de son boîtier.

— Là, je viens de changer la fréquence de l'ultrason, expliqua-t-il. Que remarquez-vous ?

— Le mémométal s'est figé, répondit Sébastien, un stromillon assis au premier rang. Il est devenu tout dur.

— Exactement. Plus dur que l'acier et même que le diamant, releva le professeur. Dans cet état, il est absolument indestructible. Seul un couptou peut l'entamer. Et encore, très difficilement. Autre avantage, il ne pèse quasiment rien. Bref, la matière parfaite : malléable, indestructible, légère… Maintenant, je coupe l'ultrason…

Il appuya à nouveau sur le bouton rouge de son boîtier et, aussitôt, toutes les sculptures de mémométal fondirent, telles des poupées de cire placées dans un four.

— Très facilement transportable, dans des bouteilles ou même dans une poche…

Il pressa une troisième fois le bouton rouge et, aussitôt, les galettes de mémométal gonflèrent, s'étirèrent jusqu'à reprendre très exactement la forme sculptée par les stromillons quelques instants auparavant.

Un murmure admiratif courut dans la salle de cours.

— Et, cerise sur le gâteau, cette matière garde la mémoire des formes qu'on lui a données. D'où le nom que j'ai choisi pour la baptiser : mémométal. Car elle est le résultat d'une récente découverte du laboratoire de chimie élémentale que j'ai le privilège de diriger.

Tel un acteur de théâtre à la fin de sa représentation, le professeur salua fièrement l'assistance.

Il sembla déçu de ne recueillir aucun applaudissement.

— Bon, reprit-il en faisant craquer ses longs doigts noueux comme des racines d'arbre, nous allons maintenant travailler sur les applications possibles du mémométal…

Le soir venu, quand Tristan revint à la maison, il trouva ses filleuls dans le salon, concentrés sur leur manuel électronique.

— Vous avez laissé l'aspirateur tourner tout seul dans l'entrée, dit-il.

— Ce n'est pas l'aspirateur, c'est Sparadrap, expliqua Raphaël sans détourner les yeux du compteur de PPDS.

— Ah, fit Tristan.

— Désocculation dans… trente secondes, annonça Raphaëlle.

— Avec les 50 points du défi et les 7 de cet après-midi, je vais arriver à 319 PPDS, calcula Raphaël.

— Et moi 395, ajouta sa sœur.

Tristan eut un sourire en coin.

À vingt heures pile, les nouveaux scores s'affichèrent sur les compteurs.

Presque aussitôt, deux exclamations fusèrent.

— Eeeeh, il y a une erreur ! s'écria Raphaëlle. Mon compteur ne marque plus que 295 !

— 219 pour moi : il me manque 100 points !

Les jumeaux jetèrent un regard interloqué sur leur parrain.

— Il n'y a pas d'erreur, dit-il tranquillement. Vous avez échoué au défi.

— Échoué ?! s'indigna Raphaël. On a fait exactement ce qui était prévu et le prisonnier a reçu son enveloppe !

Tristan enleva sa veste et s'assit sur le canapé.

— Tout était parfait, bien pensé, bien préparé, dit-il calmement, mais vous avez néanmoins commis une erreur.

Il se pencha vers son filleul.

— *Tu* as commis une erreur, Raphaël, précisa-t-il. Une erreur qui aurait pu avoir des conséquences graves si je n'avais pas été là.

Il sortit de sa poche l'étui argenté dans lequel il rangeait ses scrutateurs.

— Rappelle-moi ce que vous a appris Constance Quéméneur : quelles sont les trois précautions à prendre pour qu'une hypnose fonctionne ?

Le stromillon ouvrit de grands yeux étonnés.

— Ben… la personne qu'on veut hypnotiser doit avoir les yeux ouverts, récita-t-il mécaniquement. Il faut qu'elle soit à moins de dix mètres du médaillon et il ne doit pas y avoir d'obst…

Raphaël n'alla pas plus loin.

— Oups, boulette ! fit-il en enfouissant sa tête dans les mains. La vitre !

— Exact, acquiesça Tristan. Tu as hypnotisé le deuxième gardien à travers une vitre…

— Quoi ?! cria Raphaëlle en jetant un regard noir sur son frère, qui ne savait plus où se fourrer.

— Et comme chacun sait, poursuivit le séide, une vitre freine la pénétration des *ondes stromiques*. Ce qui signifie que le gardien n'était que partiellement hypnotisé. Si je n'étais pas repassé derrière toi, tu peux être sûr qu'il aurait déclenché l'alarme. Donc, défi raté.

— Mais c'est dégueulasse ! s'indigna Raphaëlle. Je ne vais pas perdre 50 points à cause de ce triple cornichon ! Je n'ai pas fait d'erreur, moi !

— Trrriplee corrrnichon ! répéta Sparadrap en arrivant dans le salon, attiré par les cris.

Tristan fit signe à sa filleule de se calmer.

— Je te rappelle que vous avez choisi l'option « défi solidaire », dit-il. Et vous savez très bien ce que ça veut dire : vous gagnez tous les deux ou vous perdez tous les deux. Donc que tu le veuilles ou non, Raphaëlle, c'est comme ça.

La stromillonne ouvrit la bouche, mais son parrain ne lui laissa pas le temps de protester.

— Et si tu veux perdre aussi des points cachés, vas-y, continue à râler.

Il lui ébouriffa les cheveux en concluant :

— Allez, ce n'est pas la fin du monde. Et comme disait le grand Corneille, À vaincre sans péril, on triomphe sans gloire.

Assis en tailleur au beau milieu du salon, le komolk semblait ravi.

Il se mit à applaudir.

Deux coussins traversèrent la pièce et vinrent s'écraser sur sa figure.

Chapitre 3
La dernière prophétie

Le dimanche suivant, la Commanderie du Louvre avait des allures de ruche. Des séides venus du monde entier allaient et venaient, s'interpellaient, se saluaient. Les conversations bourdonnaient dans presque toutes les langues.

Les chevaliers étaient vêtus de leur cape de cérémonie, et comme chacune des neuf commanderies avait sa propre couleur, le tout formait un tableau chatoyant.

— Les honorables invités sont priés de rejoindre la salle des prophéties, annonça une voix sortie des murs (les jumeaux reconnurent celle de mademoiselle Quémeneur). Seuls les chevaliers sont habilités à participer à la cérémonie, ainsi que les stromillons de la Commanderie Europe.

Une véritable marée humaine se déversa dans le grand escalier.

Très impressionnés, Arthur et les jumeaux s'engagèrent dans le (large) sillon d'Olympe.

Au cinquième sous-sol, une crypte faisait office d'antichambre. Le long des murs, des tables avaient été disposées, sur lesquelles des babels universels étaient mis à disposition des invités, afin que tous puissent se comprendre, quelle que soit leur langue d'origine.

La salle des prophéties était proprement phénoménale. On aurait dit une cathédrale souterraine, plus vaste et plus haute encore que Notre-Dame de Paris. En guise d'éclairage, une myriade de petites créatures de feu voletaient un peu partout au-dessus des têtes dans un ballet aux allures fantastiques.

— Incroyable ! s'exclama Raphaëlle en découvrant le spectacle.

— Extra, la mise en scène ! s'enthousiasma Arthur. Jamais vu autant de follets.

— Ce sont des *furolins*, corrigea une voix.

Hortense, tout sourire, s'était frayé un passage pour rejoindre Arthur. Visiblement, elle s'était postée à l'entrée de la salle des prophéties, guettant son arrivée.

— Ouais, enfin c'est le même genre, bougonna Arthur.

— Tu as raison, Pharaon, les furolins sont aussi de la famille des *flammins*, reprit doctement la stromillonne, mais ils ont des caractéristiques très différentes de leurs cousins follets. Ils sont beaucoup plus évolués. D'ailleurs on les appelle aussi « esprits de feu ». Il y a autant de différence entre un follet et un furolin qu'entre un singe et un humain.

Au milieu de la foule compacte, on remarquait le professeur Rochecourt qui dominait tout le monde d'une tête.

— C'est vraiment impressionnant, s'exclama Raphaëlle. Dire que tous les séides du monde sont réunis ici.

— Pas tous, fit Raphaël. Il manque le Dragon jaune.

— Comment tu peux le savoir ? On doit être deux mille dans la salle.

— Facile : s'il était là, la température serait tombée au zéro absolu.

Il riait tout seul de sa plaisanterie quand une main tapota son épaule. Le garçon se retourna et eut une suée soudaine.

Tsang Lin Young, alias le Dragon jaune, était juste derrière lui.

— Gloups… je… c'était une blague, bredouilla-t-il avec un sourire forcé.

Le professeur de maîtrise le fixait droit dans les yeux, l'air impassible.

— Assez nulle… ma blague, s'empêtra le stromillon en évitant de regarder Arthur qui mimait un nageur en train de se noyer. Euh… désolé.

— Il faut deux ans pour apprendre à parler et toute une vie pour apprendre à se taire, dit enfin le Dragon jaune de sa voix saccadée avant de se fondre dans la foule.

Raphaël poussa un énorme soupir.

— Je sens que je vais tomber malade juste avant le prochain cours de maîtrise, dit-il en s'épongeant le front.

Arthur était hilare.

— Dommage que les boulettes ne rapportent pas des PPDS, dit-il. Tu arriverais à 1 000 en moins de deux.

Sur l'un des murs de l'immense salle, Raphaëlle remarqua une monumentale porte blindée circulaire.

— Regardez, on se croirait dans une banque, fit-elle observer.

— Vous ne croyez pas si bien dire, répondit Olympe par-dessus son épaule. Le fameux trésor des Templiers, qui fait fantasmer le monde entier, est dans la salle des coffres, juste derrière.

— On pourra y entrer ? demanda Arthur.

— Certainement pas, répondit le professeur. C'est déjà exceptionnel que vous puissiez accéder à la salle des prophéties. Profitez-en bien, parce que ça n'arrive pas tous les jours. D'ailleurs, ce sera sûrement pour vous la première et la dernière fois…

— Pourquoi la dernière ? s'enquit Raphaël.

Olympe pointa son gros bras vers le mur en face de la porte d'entrée. À hauteur d'homme, encastrées dans la pierre, une série de vieilles horloges étaient alignées à égale distance les unes des autres.

— Comme vous vous en doutez, ces horloges ne sont pas là pour indiquer l'heure. Il y en a exactement trente-sept, et chacune contient une de ces prophéties cachées de Nostradamus dont je vous ai parlé l'autre jour à la cafèt'. C'est un système très ingénieux qu'il a mis au point lui-même deux ans avant sa mort, en 1564, en s'inspirant des travaux de Léonard de Vinci. Il a programmé ces horloges pour qu'elles déclenchent l'une après l'autre, le moment venu, l'ouverture d'un tiroir secret.

— Si je comprends bien, ce sont des coffres-forts qui se déverrouillent par compte à rebours ? hasarda Raphaëlle.

— Exactement. À la fin de sa vie, Nostradamus était devenu tellement clairvoyant grâce à ses dons qu'il pouvait fixer précisément l'année, le mois et parfois même le jour de réalisation de ses prophéties.

— Plusieurs siècles à l'avance ? C'est dément ! lança Arthur.

Le professeur Fleurette hocha la tête.

— Sa première prophétie a été délivrée treize ans après sa mort… et la dernière le sera dans quelques minutes, donc quatre siècles et demi après qu'il a vécu.

— Trop fort, le gars ! Et combien de prophéties se sont réalisées ?

— Absolument toutes. Ce qui n'est pas le cas des autres prophéties qu'il a pu faire avant et qui, elles, sont connues de tous. La difficulté, bien sûr, c'est de réussir à déchiffrer ces prophéties cachées. Comme vous allez le voir, elles sont écrites en vieux français et dans un style très hermétique. Il est souvent arrivé par le passé qu'on ne comprenne la prophétie qu'après sa réalisation.

— La précédente prophétie, c'était quand ? demanda Raphaëlle.

— Il y a une dizaine d'années.

— Elle annonçait quoi ?

Olympe parut embarrassé par la question.

— Je crois que la cérémonie commence, se contenta-t-il de répondre.

Un roulement de tambour retentit dans un coin de la salle. La foule s'écarta pour laisser passer les neuf chanceliers, reconnaissables à leur cape de couleur pourpre. Ils étaient suivis d'une trentaine de séides tout de noir vêtus.

— Ce sont les alchimistes, expliqua Raphaël qui avait reconnu, parmi eux, l'Américain John Trippletoe (alias Mickey parce qu'il ressemblait beaucoup à une souris), rencontré quelques mois auparavant dans les sous-sols de la statue de la Liberté.

— Vous pensez que le Maëstrom est aussi dans la salle ? souffla Arthur.

Personne ne pouvait évidemment répondre à cette question, l'identité du Numéro 1 étant un secret pour tout le monde, y compris pour les plus hauts dignitaires de l'Organisation.

— Vu l'importance de l'événement, j'ai du mal à imaginer qu'il soit absent, dit Olympe.

Les officiels s'alignèrent le long du mur, devant les horloges de Nostradamus.

Numéro 7 leva les bras pour réclamer le silence.

— Chers amis, dit-il, je prononcerai un simple mot d'accueil pour vous remercier d'être venus des quatre coins du monde afin d'assister à la rituelle cérémonie de délivrance. Une cérémonie qui prend un relief tout particulier puisque ce sera la dernière du nom. Je déclare la séance ouverte. Comme le veut l'usage, elle sera placée sous la présidence de Numéro 2. Longue vie à l'Organisation !

— LONGUE VIE À L'ORGANISATION ! répéta la foule.

Le second chancelier fit un pas en avant et lança d'une voix solennelle :

— *Draco draconem...*

— ...ADVERSUS BELLAT ! poursuivit l'assemblée d'une seule voix.

Escorté par deux alchimistes, Numéro 2 s'avança jusqu'à la dernière horloge devant laquelle il s'immobilisa. Le minutage de la cérémonie était parfait car le son grêle d'une sonnerie déchira aussitôt le silence. Après plusieurs siècles d'attente, la vieille machine arrivait au terme de sa mission.

Elle sonna treize coups.

Au treizième, on entendit un bruit d'engrenages mal graissés et, juste sous le cadran, un tiroir s'ouvrit.

Numéro 2 en sortit un tube d'or. Il dévissa le couvercle et délivra un parchemin enroulé.

— Voici le texte de la trente-septième et dernière prophétie de notre vénérable ancêtre Michel de Nostredame :

L'ultime des trente et sept de toutes est la pire
Lors pourrait le soleil au lendemain ne plus luire
Si de tous les dons la boiste à l'indicible mo(r)t
Par les treize sangs guise d'huis hors sort.
Les treize des cinq méridiens et de treize
Par le malestre aux mille visages enroslez ;
Chaos sur l'humaine escorce et bien pis encor
Si aperte quand prochain défaut Séléné sera lors
Pleurs, crys et sang, onc nul temps si amer
Ultra : vide, néant, Nostredame pis qu'Homère.

Les mots, à mesure qu'il les prononçait d'une voix solennelle, s'affichaient en lettres flamboyantes sur l'immense mur, au-dessus des horloges.

Quand il se tut, un brouhaha emplit la salle.

Les séides semblaient tous très inquiets.

— Pas bon, ça, pas bon du tout… marmonna Olympe, visiblement aussi préoccupé que les autres.

— Vous comprenez quelque chose à ce charabia ? s'étonna Arthur.

— Pas tout. Mais regardez, à la sixième ligne : le « malestre aux mille visages ». On ne pouvait pas imaginer pire, crénom de Margilin ! Oui, c'est bien le cas de le dire.

Numéro 2 dut user de toute son autorité pour calmer l'assemblée. Et la cérémonie se poursuivit.

— À présent, je demande aux chevaliers enquêteurs de prendre place.

Il y eut un mouvement de foule et deux à trois cents séides se positionnèrent en demi-cercle au milieu de la salle des prophéties, face aux chanceliers et aux alchimistes. Tristan était parmi eux.

— J'en appelle aux esprits de feu ! s'exclama un alchimiste.

Il s'était exprimé en glossolalie, cette langue dont l'étrange particularité est d'être universellement intelligible lorsqu'on l'entend. Un langage que peut comprendre tout être vivant, homme, animal, plante ou même créature supranaturelle.

Aux paroles du séide-alchimiste, les furolins s'agitèrent, comme si une bourrasque venait d'attiser les flammes de leurs corps. Puis toutes ces torches vivantes se rapprochèrent des officiels jusqu'à converger en une éblouissante gerbe de feu, crépitant plusieurs mètres au-dessus du sol.

Alors, d'une voix claire, l'alchimiste lut la trente-septième prophétie en glossolalie.

Aussitôt qu'il eut clamé le dernier vers, les furolins se dispersèrent à nouveau. Ils avaient changé de couleur, virant au vert émeraude. Les esprits de feu semblaient irrésistiblement attirés par les séides-enquêteurs, toujours placés en demi-cercle. Virevoltant quelques secondes autour de l'un, puis passant au suivant, revenant parfois en arrière. Les furolins se croisaient et se recroisaient, se scindaient ou fusionnaient.

Le spectacle était éblouissant, féerique.

— C'est beau ! s'exclama Raphaëlle. Que font-ils ?

— Ils cherchent, répondit Olympe.

— Ils cherchent quoi ?

— Les furolins ont le pouvoir de déchiffrer les auras. Maintenant qu'ils ont pris connaissance de la prophétie, ils vont désigner le séide le plus à même de diriger l'enquête. Quand ils auront trouvé, ils deviendront bleus.

— Génial ! lâcha Raphaël. J'espère qu'ils vont choisir Tristan.

— Pas si extra que cela, grogna Olympe. C'est une mission extrêmement périlleuse. Beaucoup…

Le professeur hésita un instant, comme s'il répugnait à finir sa phrase.

— Beaucoup ont perdu la vie dans de semblables combats, dit-il enfin.

Tandis que ses congénères poursuivaient leur patient examen, un furolin plus indiscipliné (ou plus audacieux) que les autres s'échappa pour voleter au-dessus de la foule. Après quelques circonvolutions, il dériva en direction des stromillons.

À son passage, Raphaëlle lui fit un petit signe de la main.

L'être de feu infléchit aussitôt sa course et tournoya gracieusement autour de sa tête, puis s'approcha à quelques centimètres de son visage.

— Tu es trop joli, ne put s'empêcher de dire la stromillonne, ravie mais n'osant plus bouger.

— Il va surtout te cramer les cheveux, ajouta son frère.

Le furolin se scinda en deux et Raphaël eut aussi droit au sien. Il réalisa alors que ces créatures n'avaient que l'apparence du feu car il ne ressentait aucune chaleur. En revanche, il sentit des picotements lorsque le furolin se frotta contre son ventre, puis son dos, tel un chat trop affectueux.

— Arrête… ça chatouille, dit-il en se retenant de rire.

Autour, les séides s'étaient retournés pour le regarder avec un sourire amusé.

Enfin, Raphaël ne sentit plus rien.

— Ouf, il est parti, soupira-t-il en se détendant.

Les séides continuaient à les regarder, lui et sa sœur, mais leur expression avait changé.

— Cornegidouille ! s'exclama Olympe.

Plusieurs autres exclamations de surprise fusèrent.

Puis une espèce d'onde de choc se propagea dans la salle.

Un instant plus tard, tous les regards convergeaient vers les jumeaux.

Ou, plus précisément, vers les deux flammes d'un bleu intense qui dansaient juste au-dessus de leurs têtes.

Chapitre 4
Discussion

Depuis près d'une heure, Tristan et les jumeaux patientaient devant la salle de la Table ronde. Après la cérémonie, les chanceliers et les alchimistes s'y étaient retirés pour discuter de la prophétie. Et sans doute aussi de l'étrange choix effectué par les esprits de feu.

Tristan marchait de long en large comme un lion en cage.

— Non, vraiment, vous ne pouvez pas accepter…

C'était au moins la dixième fois qu'il répétait la même chose.

— Peut-être que les furolins se sont trompés, hasarda Raphaëlle.

— Là n'est pas la question. Vous n'êtes pas assez formés pour affronter une épreuve pareille. Vous ne réalisez pas ce que c'est. De nombreux séides, pourtant très aguerris, y ont perdu la vie. Souvent. Très souvent.

— Ça a été le cas pour la trente-sixième prophétie ?

Tristan s'immobilisa. Une ombre glissa sur son visage.

— Oui, dit-il.

— C'était quand ?

— Il y a… quelques années, répondit-il évasivement.

— Et elle prévoyait quoi, cette prophétie ? demanda Raphaël.

— Une catastrophe. Une catastrophe qui a malheureusement eu lieu.

— J'espère au moins que ça nous rapportera des PPDS, murmura piteusement le stromillon, que ces avertissements incessants inquiétaient de plus en plus.

Tristan le regarda droit dans les yeux.

— Voilà ce qu'on va faire. Vous allez dire à Numéro 7 que vous ne vous sentez pas capables de conduire une enquête aussi stratégique.

— Et qui la mènera, alors ?

— Moi, répondit Tristan. En tout cas je me proposerai.

Au fond, ce scénario convenait bien aux jumeaux. Ils avaient beau avoir énormément progressé depuis leur initiation, ils n'avaient pas les épaules assez larges pour supporter une telle responsabilité.

— Mais si c'est dangereux pour nous, c'est dangereux pour toi aussi, fit quand même remarquer Raphaëlle.

— Il faudra bien que quelqu'un s'y colle. Et je préfère que ce soit moi. Il y a des causes pour lesquelles il vaut la peine de risquer sa vie.

La grande porte à double battant s'ouvrit à cet instant, mettant fin à leurs échanges.

— Ça va être à nous.

Chanceliers et alchimistes sortirent en discutant gravement. Seul John Trippletoe fit halte pour saluer Raphaël.

— Content de vous revoir, mon ami. Et voici donc votre sœur, dit le vieil homme en se tournant vers Raphaëlle. Grâce à votre petit voyage dans le temps, j'ai fait des découvertes considérables, mademoiselle. J'ai même pu établir une cartographie complète des portails d'outre-temps. À l'occasion, il faudra que je vous montre ça.

— Comment va Akmolek ? demanda le stromillon.

— Il me réchauffe, répondit l'alchimiste en tapotant sa cape noire. Il ne peut plus marcher, le pauvre : il vient d'entrer dans sa dernière année. Peut-être comme nous tous, du reste... Allez, je vous laisse parce qu'on vous attend. Et bon courage. Je crois qu'il vous en faudra. À nous aussi, d'ailleurs...

Sur ces paroles peu encourageantes, il tourna le dos à Tristan et à ses filleuls qui entrèrent dans la salle où Numéro 2 et Numéro 7 les attendaient, assis de part et d'autre du trône laissé vacant.

Ils s'installèrent en face des chanceliers, de l'autre côté de la Table ronde.

— La situation est doublement inédite, commença le chancelier aux cheveux argentés. D'abord, il y a cette prophétie qui nous inquiète tous terriblement. Les alchimistes vont travailler à son déchiffrage, mais nous savons d'ores et déjà que le monde court un danger sans précédent.

Numéro 2 enchaîna :

— L'autre fait extraordinaire, c'est cet étonnant choix effectué par les furolins. Cela ne s'est jamais vu dans toute l'histoire de l'Organisation.

— Si on met à part la situation du roi Arthur, crut bon de préciser Numéro 7. Il a été promu chancelier alors qu'il n'était encore que page.

— Vous avez raison de le rappeler, concéda le second chancelier, mais c'est un cas très particulier. Et il n'a pas été désigné par les esprits de feu. Mais dites-nous, jeunes stromillons, quelle est votre réaction ? Que pensez-vous de ce choix ?

— Ben… on se demandait s'ils ne s'étaient pas trompés, tout simplement, répondit Raphaëlle.

— Impossible, répliqua Numéro 2. Les furolins sont infaillibles. Non, il y a forcément une raison, même si elle nous échappe encore.

Tristan se leva.

— Si vous le permettez, j'aimerais intervenir, dit-il, tel un avocat de la défense.

D'un signe de tête, les chanceliers l'autorisèrent à parler.

— Je vous remercie. Je parlerai non pas en tant que séide, mais en tant que parrain des deux stromillons ici présents. J'ignore si le règlement intérieur de l'Organisation prévoit un cas comme celui-ci, mais j'invoquerai le code d'honneur. Ce code oblige un parrain à porter secours et assistance à son filleul. Or, nous savons tous d'expérience que les prophéties de Nostradamus exposent les enquêteurs à des risques considérables, souvent mortels. En conséquence, mon interprétation du code d'honneur m'oblige à présenter ma candidature comme enquêteur, en lieu et place de mes filleuls.

Numéro 7 esquissa un sourire.

— Je me doutais que vous alliez invoquer le code d'honneur et faire cette proposition, dit-il. Nous avons d'ailleurs discuté de cela en collège avec les alchimistes, en présence du Maëstrom. Il en est ressorti que le code d'honneur ne s'applique pas dans le cas présent.

Tristan se raidit.

— L'armure est bien trop grande pour eux ! s'exclama-t-il. Et…

Il s'interrompit et ferma les yeux.

— Et ? le relança Numéro 7.

— Je ne voudrais pas que tout ça recommence.

Les jumeaux jetèrent un regard étonné sur leur parrain. À quoi faisait-il allusion ?

Numéro 2 prit à son tour la parole :

— Vos filleuls sont libres d'accepter ou de refuser cette mission qui comporte effectivement de gros risques. Mais personne, je dis bien personne, ne doit les influencer. Voulez-vous bien nous promettre de ne rien dire ou ne rien faire qui puisse les influencer ?

Tristan poussa un soupir résigné et leva la main droite.

— Sur mon honneur, je le promets, dit-il, avant de se rasseoir.

— Bien, reprit le second chancelier.

Puis, se tournant vers les jumeaux, il ajouta :

— Vous avez vingt-quatre heures pour prendre votre décision. Afin d'éclairer celle-ci, je dois vous communiquer les statistiques réalisées par Anatole Carambole, le bibliothécaire de cette Commanderie, concernant les trente-six précédentes prophéties : 61 % des séides-enquêteurs ont survécu et 39 % ont perdu la vie au cours de leur mission.

— Ah oui, quand même ! murmura Raphaël.

— Vous avez des questions ?

— Que se passera-t-il si nous... n'acceptons pas ? demanda le stromillon.

— Nous aviserons.

— C'est déjà arrivé ?

— Jamais. D'autres questions ?

Raphaëlle intervint à son tour :

— On nous a dit que les prophéties cachées de Nostradamus s'étaient toutes réalisées. Ma question va vous paraître idiote, mais si c'est bien le cas, à quoi ça sert d'enquêter ?

— Votre question n'a rien d'idiot, bien au contraire, répondit Numéro 2. Il est vrai que ne pouvons pas empêcher une prophétie de se réaliser.

— Hélas, ajouta son voisin.

— En revanche, il est possible de contrecarrer certains de ses effets. Autrement dit, de limiter les dégâts. Vous me comprenez ?

Raphaëlle hocha la tête en signe d'assentiment.

Les deux chanceliers échangèrent quelques mots à voix basse, puis Numéro 7 reprit la parole en s'adressant à Tristan.

— Une dernière chose, dit-il. Dans quelques heures, vos filleuls feront un choix crucial. Ils doivent le faire en pleine connaissance de cause. Aussi avons-nous estimé qu'il était temps de leur révéler ce que vous savez.

En entendant ces derniers mots, Tristan eut un haut-le-corps, comme s'il venait d'être piqué par un taon.

— Leur révéler… tout ? demanda-t-il. Maintenant ?

— Oui, vous êtes délié du secret, acquiesça Numéro 2.

Les chanceliers se levèrent.

— Nous vous souhaitons une bonne soirée à tous les trois. Nous nous retrouverons demain, ici même, à vingt-deux heures.

Ils sortirent de la salle par une petite porte au bas de la grande fresque des anges et des démons. Celle par laquelle Numéro 7 était apparu aux jumeaux, plus d'un an auparavant, ce fameux jour où ils avaient mis le pied dans l'Organisation.

Pendant cinq bonnes minutes, Tristan resta immobile, la tête enfouie dans ses mains, sourd aux questions qui fusaient de la bouche de ses filleuls.

— Les enfants, dit-il enfin en relevant péniblement la tête, nous devons avoir une petite discussion…

Au son de sa voix, on sentait qu'il aurait préféré combattre mille dragons plutôt que d'affronter cette épreuve.

CHAPITRE 5
DERRIÈRE LA PORTE NOIRE

— Je vous ai menti, commença Tristan. Ou plus exactement, je ne vous ai pas tout dit… Je n'avais pas le droit.

— Ça concerne… nos parents, c'est ça ? releva Raphaëlle.

Le séide fit une moue affirmative en titillant nerveusement sa cravate.

— J'en étais sûr ! s'exclama Raphaël. Si cette histoire d'accident de voiture avait été vraie, leurs noms n'auraient pas été gravés sur la plaque des chevaliers morts en service, au quatrième sous-sol.

— Alors, c'est quoi, la vérité ? demanda Raphaëlle. Que leur est-il arrivé ?

Tristan hésita un moment, puis se lança soudain, un peu comme un plongeur qui saute du haut d'une falaise.

— Il y a onze ans, dit-il, une cérémonie a eu lieu ici même. La même que celle à laquelle vous venez de participer. C'était pour la délivrance de la trente-sixième prophétie de Nostradamus, l'avant-dernière. Je n'étais pas là. J'avais été envoyé en mission à l'autre bout du monde. Et les furolins ont désigné vos parents. Exactement comme ils vous ont choisis, tout à l'heure.

— Et ils ont accepté ? demanda Raphaëlle.

Tristan fronça les sourcils.

— Élise et Michel étaient déjà des séides-enquêteurs chevronnés. Rien à voir av…

Il s'interrompit, se souvenant de la promesse qu'il venait de faire aux chanceliers.

— Oui, ils ont accepté, se contenta-t-il de répondre. Cette prophétie prévoyait un cas de possession d'une particulière gravité. On constate souvent des cas de possessions diaboliques, toutefois, dans ce cas précis, Nostradamus annonçait qu'un démon allait investir un personnage très puissant, à la tête de l'armée d'une grande nation. Je vous épargne les détails, mais le général en question a été très difficile à identifier car il ne présentait aucun des symptômes habituellement décelés dans ce genre de circonstances. Sa personnalité s'était comme dédoublée. Le jour, il était parfaitement normal, mais la nuit, il commettait toutes sortes de meurtres abominables. Pire, il s'ingéniait à fabriquer de fausses preuves mettant en cause un pays voisin, pour inciter ses autorités à lui déclarer la guerre. Élise et Michel ont mené une enquête absolument remarquable. Il y a eu beaucoup de victimes, néanmoins, grâce à eux, le pire a été évité. Le conflit n'a pas eu lieu. Mais vos parents ont payé cette paix au prix fort…

La voix de Tristan s'étrangla. Les yeux rougis d'émotion, il détourna la tête pour écraser discrètement une larme.

— C'était dans la nuit du 27 au 28 février, reprit-il. Vous aviez deux ans. Ils étaient venus avec un prêtre pour exorciser le général. Nous ignorons pourquoi, mais ça a mal tourné. On les a retrouvés tous les quatre, le lendemain matin.

Il se tut, le regard perdu dans le vague, comme s'il s'était absenté de lui-même.

— Est-ce qu'ils ont souffert ? demanda Raphaëlle après un long silence.

— Il ne semble pas. Nous n'avons décelé aucun écho visuel. Tout a dû se passer très vite.

Tristan prit une longue inspiration, comme pour se donner du courage.

— Ce n'est pas tout, ajouta-t-il en se levant. J'ai quelque chose à vous montrer.

Intrigués, les jumeaux le suivirent hors de la salle de la Table ronde. Ils arpentèrent la coursive principale, déserte en cette heure tardive, et descendirent la volée de marches de l'escalier à vis conduisant au second sous-sol. Ils dépassèrent la cafétéria, en train de fermer, et Tristan finit par s'immobiliser devant une porte, entre la bibliothèque et la salle Pythagore.

— Elle est noire, on n'a pas le droit, fit observer Raphaëlle, respectueuse des règlements.

Tristan ne répondit pas. Il plaça sa médaille de saint Georges devant un œilleton électronique et la porte s'ouvrit.

Ils traversèrent un long couloir qui conduisait à une sorte de salle d'attente, sans aucune décoration, en dehors d'une simple plante verte, posée dans un coin. Un homme en blouse blanche semblait les attendre, assis derrière un bureau. La présence de deux stromillons en ce lieu normalement accessible aux seuls séides n'avait pas l'air de l'étonner. Il avait dû recevoir une consigne. D'un léger signe de tête, il salua les nouveaux arrivants et tendit un stylo à Tristan, qui signa un registre.

En jetant un coup d'œil furtif par-dessus son épaule, Raphaëlle remarqua que la signature de son parrain apparaissait à plusieurs reprises sur la double page ouverte. Visiblement, il venait ici régulièrement.

— Où sommes-nous ? demanda Raphaël.

— Hôpital, répondit laconiquement son parrain.

Ils passèrent devant une série de chambres numérotées, franchirent une porte coupe-feu, puis une deuxième, croisèrent un komolk habillé en aide-soignant qui se dandinait en poussant un petit chariot avec des plateaux-repas. Enfin, au bout d'un long corridor, Tristan s'arrêta. Il dévisagea ses filleuls, l'un après l'autre, puis ouvrit une porte sur laquelle un panneau indiquait : « LONGS SÉJOURS ».

La pièce, plongée dans la pénombre, était grande. Il y régnait une atmosphère étrange, à la fois lourde et apaisante, scandée par les bips incessants de plusieurs électrocardiographes.

Un appareillage médical sophistiqué occupait tout un côté de la salle, avec des moniteurs et des écrans de contrôle, mais les jumeaux ne remarquèrent rien de cela.

Car leur attention fut tout de suite accaparée par ce qu'ils voyaient juste en face d'eux.

Trois lits.

Trois patients.

Deux hommes et une femme, profondément endormis.

Raphaëlle porta les mains à sa bouche pour étouffer un cri silencieux.

Son frère crut recevoir une décharge électrique et dut s'appuyer sur le mur pour ne pas tomber.

Ils venaient tous deux de reconnaître la femme allongée sur le lit du milieu.

C'était leur mère.

Ils restèrent pétrifiés, incapables de détacher leurs yeux de ce visage doux et paisible. Le temps n'existait plus. Chaque seconde se dilatait jusqu'à l'infini, tout comme leur cœur, au bord de l'implosion.

Cette vision réveillait en eux des souvenirs enfouis depuis longtemps au plus profond de leur âme.

— Qu'est-ce… que ça… veut dire ? réussit enfin à articuler Raphaël, la voix étranglée.

— Coma profond, répondit Tristan. On l'a retrouvée dans cet état le lendemain de la nuit tragique, il y a onze ans.

— Est-ce qu'elle pourrait…

— Se réveiller ? Non, la probabilité est quasiment nulle. Même si elle n'est pas vraiment morte, elle n'est plus vraiment vivante. D'ailleurs, elle a perdu son aura.

Raphaëlle s'approcha du lit, les yeux embués de larmes.

— Elle est belle, murmura-t-elle.

Son visage ovale aux traits fins était entouré d'une épaisse masse de cheveux ondulés couleur châtain qui faisait ressortir la pâleur de son teint. Elle portait une longue tunique d'un blanc immaculé.

— Toute blanche, ajouta Raphaëlle d'une voix rêveuse. Petite, quand je voyais un papillon blanc, je me disais que c'était maman qui venait danser autour de moi.

Raphaël s'avança lui aussi.

— Et… papa ? demanda-t-il.

Tristan secoua la tête.

— Non, répondit-il, il n'a pas eu cette chance. Ou cette malchance. Votre mère était la seule survivante.

— Et c'est qui, alors, les deux autres ?

Le séide pointa son index vers un homme d'une cinquantaine d'années, aux cheveux rares, de type méditerranéen.

— Lui s'appelle Périclès Niorkos. Il travaillait dans l'équipe d'intervention, celle qui surveille les créatures supranaturelles dangereuses. Le mois dernier, il a passé un peu trop de temps sous l'eau en capturant une famille de noyards particulièrement coriace. Il est dans le coma, mais d'après le médecin il a de bonnes chances de s'en sortir.

Tristan se tourna vers l'autre lit, où reposait un vieil homme au teint livide, presque olivâtre. Une abondante barbe rouge feu – couleur d'ailleurs étonnante compte tenu de son âge – lui donnait une allure royale. Il ne lui manquait que les mains jointes et la couronne pour ressembler à l'un de ces gisants de marbre que l'on peut contempler dans la basilique de Saint-Denis. Le pauvre homme semblait très mal en point. Il avait des fils de perfusions reliés à ses quatre membres.

— Antonin Speiro, un de nos plus grands séides-enquêteurs, à la tête de la cellule de veille contre les sectes satanistes. Il avait réussi à infiltrer l'un des réseaux les plus actifs. On l'a retrouvé dans les catacombes, une corne de démon plantée dans le dos. C'était il y a plus de trente ans. Il est plongé dans le coma depuis tout ce temps-là.

Raphaëlle s'assit sur une chaise à côté du lit de sa mère.

— Tu viens souvent la voir ? demanda-t-elle à Tristan en pointant du menton un petit bouquet de fleurs fraîches, sur la table de nuit.

Son parrain acquiesça.

— Assez souvent, oui. À chaque fois, je lui parle de vous. Où qu'elle soit, je suis sûr qu'elle nous entend.

Il posa une main sur l'épaule de ses filleuls en ajoutant :

— Je vais vous laisser un moment avec elle. Vous devez avoir des tas de choses à lui dire…

Raphaël voulut lui répondre, mais sa vue se troubla. Et il s'effondra dans un râle, évanoui.

CHAPITRE 6
LE CHOIX

Les jumeaux furent bien incapables de s'endormir en revenant chez eux. La soirée qu'ils venaient de passer avait été tellement riche en émotions qu'ils se sentaient à la fois épuisés et survoltés. Des milliers de questions bourdonnaient dans leur tête.

Raphaëlle passa les premières heures de la nuit à feuilleter de vieux albums photo, prit une douche à deux heures du matin, puis se plongea dans un roman qu'elle devait lire pour l'école. Mais son esprit ne cessant de vagabonder, elle en était toujours au premier chapitre quand Raphaël vint la retrouver, peu avant l'aube.

Lui aussi avait passé une nuit blanche, à observer les craquelures de peinture au plafond de sa chambre, à résoudre des énigmes sur son manuel de stromillon ou à enchaîner des séries de pompes pour se vider la tête.

Pendant plusieurs heures, ils discutèrent à bâtons rompus. Ils n'avaient pas encore pris de décision sur le choix qu'ils feraient, le soir, quand arriva l'heure de partir au collège.

— Bon, on s'en reparle à midi, lança Raphaëlle.

Depuis le début de l'année scolaire, ils déjeunaient le premier lundi de chaque mois chez Suzanne Favre. C'était une corvée pour Raphaël mais, au moins, la cuisine était meilleure qu'à la cantine. Et ça lui changerait les idées.

Quand Raphaël arriva dans la salle de classe, la chaise d'Aymeric était vide. Le cours d'histoire commença sans lui. Au bout de quelques minutes, tandis que le professeur écrivait le plan de son exposé au tableau, une boulette de papier atterrit sur le bureau de Raphaël. Il la déplia et lut : *pourquoi il n'est pas là ?*

C'était une écriture de fille.

Raphaël jeta un coup d'œil circulaire pour identifier la lanceuse de boulette. Cela pouvait être n'importe qui, car presque toute la classe avait les yeux braqués sur lui. Les filles avaient l'air réellement inquiet. Les garçons, eux, étaient plutôt curieux. Une bonne demi-douzaine de bouches articulaient exagérément cette question silencieuse : « Il est où ? »

Ce manège eut le don d'exaspérer Raphaël. Il haussa les épaules et se concentra sur le tableau.

Pendant l'heure qui suivit, il reçut une bonne vingtaine de nouvelles boulettes qu'il entassa sur un coin de son bureau, sans les lire. Cela dura jusqu'à l'intercours.

Dès que le professeur fut sorti, toute la classe se précipita sur lui. Excédé, Raphaël fendit la foule, prit une craie et écrivit en gros sur le tableau :

Je ne suis pas marié avec Aymeric !
Donc JE NE SAIS PAS POURQUOI IL EST ABSENT !!

Il crut trouver un peu de répit en sortant dans la cour de récréation, mais ce fut encore pire. Une centaine de filles fondirent sur lui pour demander des nouvelles d'Aymeric. Visiblement, tout le collège était déjà au courant de son absence. Il dut répéter en boucle à qui voulait l'entendre :

— Je ne sais pas... non, je ne sais pas... demandez au proviseur... puisque je vous dis que je n'en sais rien... je ne suis pas la nounou d'Aymeric...

Puis, la fatigue aidant, il finit par se réfugier au seul endroit où personne ne l'importunerait : les toilettes.

Après un bref moment de répit, les cours reprirent et son calvaire se prolongea jusqu'à l'heure du déjeuner.

Le coup d'éclat d'Aymeric avec Laurence Durel avait eu son petit effet. L'information avait circulé par tous les canaux possibles : bouche-à-oreille, téléphone, mail, SMS, blogs. Aymeric était véritablement devenu une star, une idole, un demi-dieu. Au collège et au-delà puisque, même à l'extérieur des grilles, Raphaël fut interpellé par un groupe de lycéennes qui lui demandèrent des nouvelles de son ami.

C'est dans un état d'énervement maximum qu'il arriva chez Suzanne, en même temps que Raphaëlle.

— Eh, c'est quoi, ces têtes de déterrés ? leur lança Suzanne. Vous ressemblez à deux vieux Kleenex chiffonnés.

— Pas bien dormi, bougonna Raphaëlle.

Suzanne comprit qu'il était préférable de changer de sujet.

— Bon, pas grave, reprit-elle. Marina nous a préparé des petits plats dont vous me direz des nouvelles.

Suzanne était l'enfant unique d'une famille très aisée. Elle habitait dans un immense hôtel particulier et disposait d'un étage entier pour elle seule. Ses parents étaient souvent absents et c'est la gouvernante, Marina, qui s'occupait de presque tout dans la maison.

Après une double ration de lasagnes, les jumeaux se sentirent déjà mieux. Ils écoutèrent d'une oreille distraite les flots de paroles qui se déversaient de la bouche de leur jeune hôtesse, tournant comme toujours autour de la dernière mode et des stars montantes.

— À propos de star, finit par intervenir Raphaël, je ne pige rien à ce qui se passe, mais toutes les filles ont l'air raides dingues d'Aymeric.

Suzanne le regarda avec des yeux ronds.

— Aymeric… tu veux dire ton copain, là ?

Raphaël hocha la tête. En quelques mots, il raconta l'étrange évolution de son ami et comment il avait décliné l'invitation de la Jardinière.

Cette dernière anecdote réjouit beaucoup Suzanne.

— Je la connais, Laurence Durel, dit-elle, ravie. Ça lui fera les pieds à cette morue.

Elle secoua la tête en soupirant, puis ajouta :

— Franchement je ne vois pas ce que les garçons lui trouvent, à cette fille. Tu la connais, Raphaëlle ?

— Non, mais j'en ai entendu parler. Il paraît qu'elle est canon.

— Tu rigoles ? Elle est d'un banal ! Même pas *fashion*. Non, ce qui est bizarre dans ton histoire, Raphaël, c'est ce que tu dis sur Aymeric. Franchement, je le trouve moche. Je lui mets trois sur dix. Et je suis sympa. Bon, c'est vrai, la dernière fois que je l'ai vu, c'était avant les grandes vacances, mais il n'a pas pu changer à ce point, si ?

— Il a juste des tas de boutons d'acné en plus, répondit Raphaël.

La réaction de Suzanne le rassurait. Enfin une fille qui paraissait normale.

— Pas d'accord, objecta alors Raphaëlle.

Suzanne et Raphaël se tournèrent brusquement vers elle.

En cassant délicatement avec le dos de sa cuiller la couche caramélisée de la crème brûlée que Marina venait d'apporter, la stromillonne ajouta :

— Je l'ai vu à la maison il y a quelques jours et… je le trouve mignon.

Raphaël fit un bond sur sa chaise.

— Hein ! s'exclama-t-il. Tu te fous de moi ?

Sa sœur haussa les épaules, l'air indifférent.

— Je ne saurais pas dire pourquoi, mais il a un certain charme. Il est plutôt stylé…

— Stylé ? la coupa Suzanne. On ne parle pas du même, alors. Robert Pattinson, lui, est trop stylé. Ou… votre ami, là, Arthur… Tiens, au fait, comment va-t-il ?

Elle avait dit cela d'une voix détachée, mais sa façon de guetter la réponse indiquait clairement que le sujet lui importait beaucoup.

— Bien, répondit froidement Raphaël, sans plus de commentaire.

— Ça fait longtemps que je ne l'ai pas vu, insista Suzanne. Vous pourriez lui proposer de venir déjeuner ici avec vous ? Ce serait sympa, non ? Ou alors on pourrait aller au ciné tous les quatre.

— Ou tous les cinq, avec Aymeric, suggéra Raphaëlle avec un sourire en coin.

— Bon, je vous laisse. Je vais téléphoner au mec *trop stylé* pour prendre de ses nouvelles.

Exactement en même temps, les deux filles lancèrent :

— Aymeric ?

— Arthur ?

Et elles éclatèrent de rire.

Raphaël quitta la table en levant les yeux au ciel.

Au collège, l'après-midi fut aussi pénible que la matinée. À la fin des cours, Raphaël fila directement au domicile d'Aymeric. La mère de son ami semblait très éprouvée.

— C'est gentil de passer, dit-elle avec un sourire crispé. Comme je te l'ai expliqué au téléphone, Aymeric n'est pas sorti de sa chambre depuis trois jours. Il s'est enfermé à clef et refuse de nous parler. Il n'a même pas ouvert la porte quand le médecin est venu, ce matin. Je ne sais vraiment plus quoi faire.

— Je vais essayer de lui parler.

Raphaël se posta devant la chambre de son ami et frappa à la porte. Trois coups espacés, puis deux coups rapprochés. Un code qu'ils avaient mis au point dans le cadre de la SSR.

Pas de réponse.

— Eh, c'est le code d'urgence ! Normalement ça veut dire que je suis en danger de mort. Allez, ouvre ! Faut qu'on discute.

Seul un grognement lui répondit.

— Bon, tu ouvres ou quoi ?

— Laisse-moi tranquille, bougonna Aymeric.

Décontenancé, Raphaël tenta une approche différente.

— Au fait, tu ne connais pas la dernière. Figure-toi que ma sœur te trouve… devine quoi ? Je te la donne en mille…

Aucune réaction de l'autre côté de la porte.

— Elle te trouve mignon. C'est dingue, hein ! Bon elle a toujours eu des goûts bizarres, mais là, quand même…

BAM !

Un objet lourd frappa la porte. Probablement une chaussure jetée par Aymeric.

— Barre-toi ! hurla-t-il.

Raphaël sentit qu'il était inutile d'insister.

— Bon, ben je te laisse dans ta caverne. Appelle-moi si tu veux me parler de ce qui ne va pas.

Il retrouva la maman d'Aymeric dans le salon, en larmes. Elle s'essuya discrètement les yeux et demanda en se levant :

— Alors ?

Raphaël eut un geste d'impuissance.

— Je n'ai rien pu tirer de lui. C'est une sacrée tête de mule.

La femme se laissa retomber dans le canapé.

— Je ne comprends pas ce qui lui arrive, dit-elle en secouant la tête. Il a toujours été charmant avec nous. Je m'en veux de l'avoir laissé jouer comme ça, ces derniers mois, sur son ordinateur. Ça l'a complètement abruti. Maintenant il ne travaille plus, il crie tout le temps, il ne mange plus, il nous envoie sans cesse balader.

— Vous savez, au collège, tout le monde l'adore, lança Raphaël pour tenter de la réconforter.

— Tout le monde, sauf les professeurs. Tu te rends compte, lui qui était si brillant, en quelques semaines il est devenu le dernier de la classe. Comme ça, brutalement, sans raison. Son père est fou de rage.

— Ne vous inquiétez pas, ça va s'arranger. Juste une petite crise passagère. Je reviendrai le voir.

La maman d'Aymeric raccompagna Raphaël jusqu'à l'entrée.

— Merci encore d'être venu, dit-elle en ouvrant la porte.

— À bientôt, madame.

Raphaël était déjà dans l'escalier quand la femme reprit :

— Au fait, avec toute cette histoire, je ne t'ai même pas remercié pour la montre.

— La montre ?

— Oui, celle que tu as offerte à Aymeric pour son anniversaire. C'est un magnifique cadeau.

Raphaël fronça les sourcils, ouvrit la bouche pour répondre qu'il n'avait jamais offert de montre à Aymeric… puis se ravisa.

— Ah oui, la montre, se contenta-t-il de dire. Euh… au revoir madame.

Sur le chemin du Louvre, il se demanda dans quel guêpier son ami avait pu se fourrer. Effectivement, il avait remarqué qu'Aymeric avait une nouvelle montre.

Cadeau d'anniversaire pour ses treize ans, offert par ses parents. C'est en tout cas ce qu'il lui avait dit. En y repensant, Raphaël se souvint que son ami la consultait souvent, et toujours avec un petit air anxieux. S'il avait menti à ses parents, c'était forcément pour cacher quelque chose d'inavouable, un vol ou un trafic quelconque. Et cela pourrait expliquer son comportement étrange des dernières semaines.

Raphaël se promit de tirer au clair cette histoire.

Car il se sentait, au fond, un peu responsable de la situation. Depuis son entrée dans l'Organisation, il n'était plus aussi disponible qu'avant. Double vie oblige, il avait délaissé Aymeric. Dès que possible, il remplirait à nouveau pleinement son rôle d'ami.

Mais pour l'instant, il avait d'autres priorités.

Il était sept heures quand les jumeaux se retrouvèrent à la cafétéria de la Commanderie. Il leur restait trois heures avant d'annoncer aux chanceliers et aux alchimistes leur décision. Une décision qu'ils n'avaient toujours pas prise.

Logiquement, ils auraient dû s'isoler dans un coin pour en discuter. Mais ils furent attirés par des éclats de voix et de rires provenant d'une table. Une dizaine de pages et de stromillons dînait dans une ambiance très détendue. Arthur était dans le groupe. Il leur fit signe de venir.

— On y va ? hésita Raphaëlle.

— Allez, oui, on sera mieux le ventre plein pour prendre la bonne décision.

Ils tirèrent deux chaises et rejoignirent la joyeuse tablée, en saluant au passage Cybille, qui trônait rêveusement derrière son comptoir.

— Vous allez nous aider, lança Arthur. L'objectif est de sauver le soldat Yann.

Yann Leguardian était encore page et, malgré tous ses efforts, il n'arrivait pas à être promu au grade supérieur. Il n'avait pas encore réussi l'épreuve de la ligne rouge et avait beaucoup de mal dans certaines matières.

— Je dois faire un exposé de dix pages sur les ondines pour mercredi et je n'ai pas encore commencé, expliqua-t-il aux jumeaux, l'air penaud. Je ne sais pas quoi raconter.

— Facile, lança Basile, un stromillon âgé de quinze ans. Tu vas voir l'aquarium des ondines, dans le muséum d'histoire supranaturelle, tu choisis la plus mignonne et tu l'interviewes.

— Salut poulette, ça baigne ? plaisanta Arthur.

— Oui, je me la coule douce, répondit Sébastien, le plus âgé du groupe, en contrefaisant une voix de fille.

— T'habites chez tes parents ? surenchérit Arthur.

— Non, j'habite chez mes *trans*parents, répliqua Basile.

Tout le monde éclata de rire.

— Ça m'aide vachement, bougonna Yann. En plus, j'ai aussi une énigme à résoudre pour demain, et je sèche complètement.

Toutes les têtes se tournèrent vers Raphaël qui, d'un geste de la main, invita le page à exposer l'énigme.

— La voici, dit Yann. Dans un monde qui n'est plus, cinq était la moitié de dix, quatre la moitié de neuf, six la moitié de onze et sept la moitié de douze : quelle était alors la moitié de treize ?

Raphaël ferma les yeux, plongé dans une intense réflexion.

Son petit carnet à la main, Cybille arriva pour prendre les commandes. Quand elle revint avec son plateau, les jumeaux lui proposèrent de s'asseoir avec eux. Elle en fut très heureuse, mais resta à l'écart des conversations.

Un peu plus tard, une porte dorée s'ouvrit dans la grande coursive et la silhouette longiligne du professeur Rochecourt apparut. Il portait une longue blouse blanche et semblait chercher quelque chose.

— Qu'est-ce qu'il est maigre ! souffla Arthur. Il passerait dans un fax.

— Il y a quoi, derrière cette porte ? demanda Raphaëlle. Je ne suis jamais entrée.

— C'est le laboratoire de chimie élémentale, expliqua Johanna, une stromillonne qui était par ailleurs déléguée de la nouvelle promotion d'apprentis.

Avec l'allure et la démarche bondissante d'une sauterelle, le professeur s'approcha de la grande tablée.

— J'aurais besoin d'un volontaire pour une expérience, dit-il.

— Ça rapporte des PPDS ? demanda Basile.

— Bravo, belle mentalité. Non, il s'agit simplement de rendre service, jeune homme. Et d'aider à faire progresser la science stromique.

— Je prends ! lança Arthur en levant la main.

— Parfait, venez avec moi.

— Nous pouvons venir aussi ? demanda Raphaël en rouvrant brusquement les yeux.

Après un moment d'hésitation, le professeur accepta et tout le monde se leva.

— À propos, Yann, ajouta Raphaël avec un clin d'œil, j'ai résolu ton énigme. Je te donne juste un indice : « le monde qui n'est plus », c'est le monde antique. Et plus exactement le monde romain. Avec ça, tu devrais pouvoir trouver…

Yann écarquilla les yeux, plongé dans un abîme de perplexité.

Le laboratoire de recherche était un véritable bric-à-brac mélangeant nouvelles technologies et vieux ustensiles de physique ou de chimie plus familiers : microscopes, tubes à essai, fioles, éprouvettes ou becs Bunsen. Sur un immense établi en forme de fer à cheval, au milieu de la pièce, on remarquait une série d'autres instruments bizarres dont il était impossible de deviner l'utilité. Sur les murs, une noria d'objets étranges était exposée sur des mètres d'étagères. Les rangées du haut étaient occupées par des bocaux remplis de liquides ou de substances aux couleurs insolites.

Le professeur Rochecourt traversa le laboratoire sans s'arrêter et ouvrit une porte à double battant qui conduisait à une salle, immense et haute de plafond, assez semblable au gymnase du troisième sous-sol.

Les adolescents eurent la bonne surprise d'y trouver mademoiselle Quéneur. Elle était debout à côté d'une sorte de petite voiture électrique avec une grande ouverture en lieu et place de porte.

— Eh bien dites-moi, c'est l'invasion, observat-elle avec un grand sourire. Alors, qui est notre courageux cobaye ?

Arthur s'avança.

— Vous avez déjà conduit une voiture ? demandat-elle.

— Euh… non.

— C'est très simple, expliqua le professeur Rochecourt : la pédale de droite, c'est l'accélérateur ; la pédale de gauche, le frein. La boîte est automatique et il n'y a donc pas d'embrayage. Installez-vous au volant.

Arthur obéit.

— Avec Constance Quéneur, nous travaillons sur un projet dont nous vous dirons un mot tout à l'heure. Je vais vous équiper d'un casque pour mesurer vos fonctions cérébrales pendant l'opération.

— Quelle opération ? s'inquiéta Arthur, tandis que le professeur lui mettait une sorte de serre-tête terminé par deux électrodes au niveau des tempes.

— Très simple. Vous voyez les plots orange ? Vous allez juste slalomer entre eux. Une fois au bout, vous faites demi-tour et même chose dans l'autre sens.

— N'oubliez pas de mettre votre ceinture, ajouta mademoiselle Quémeneur. On ne sait jamais.

Arthur boucla sa ceinture, tourna la clef de contact, appuya légèrement sur la pédale de droite et la voiture se mit en route. Il avait souvent joué à des jeux de courses automobiles sur PlayStation et il n'eut aucune difficulté à exécuter le slalom. Passé le dernier plot, il effectua un virage impeccable, refit le parcours dans l'autre sens et immobilisa le véhicule au point de départ.

Les pages et les stromillons applaudirent la performance mollement, du bout des doigts. Après tout, Arthur n'avait rien accompli d'exceptionnel.

Aussi furent-ils surpris de voir les deux professeurs éclater littéralement de joie, et s'embrasser en riant. Le professeur Rochecourt emporta sa collègue dans un pas de danse assez ridicule en gloussant :

— Ça a marché ! Ça a marché ! Trois ans de recherche !

Arthur sortit de la voiturette et se planta devant eux.

— Pardon de gâcher la fête, mais je ne vois pas ce que ça a d'incroyable, dit-il.

Mademoiselle Quémeneur le regarda, un sourire aux lèvres.

— Ouvrez le capot, ordonna-t-elle.

Arthur fit ce qu'elle demandait et eut un sursaut de surprise.

— Mais il n'y a rien, dit-il. Il est où, le moteur ?

Le professeur Rochecourt fit grincer la poulie qui lui servait de rire.

— Hin, hin, hin, ce n'est pas une automobile : c'est une *austromobile*, répondit-il.

Il pointa son index interminable sur la tempe du garçon.

— Le vrai moteur, il est là. La voiture a été mue par votre seule énergie stromique.

— Je comprends que dalle, fit Arthur.

— C'est pourtant simple, expliqua mademoiselle Quémeneur. Le volant, comme les pédales, sont purement factices et ne commandent rien du tout. C'est votre volonté et elle seule qui a fait avancer le véhicule.

Elle décrocha un petit boîtier noir fixé sous le volant et le montra à Arthur.

— Quand vous vouliez tourner à droite, par exemple, c'est votre volonté et non pas le volant qui transmettait la consigne « tourne à droite » à ce générateur. Même chose pour l'accélération ou le freinage.

— Donc pas besoin de moteur, d'essence et tout le tintouin, c'est ça ?

— Exactement. Seule la volonté fait avancer l'austromobile.

— C'est sensas comme découverte !

Le professeur Rochecourt fit craquer ses doigts.

— Et si nous en profitions pour procéder à l'autre essai, proposa-t-il à sa collègue, les yeux brillants.

Constance Quémeneur hocha vigoureusement la tête, excitée comme une petite fille qui s'apprête à découvrir ses cadeaux au pied du sapin de Noël.

— Vous êtes partant pour une autre expérience ? demanda-t-elle à Arthur.

— Vendu ! répondit le stromillon.

Le professeur Rochecourt se précipita dans son laboratoire et revint prestement avec un objet métallique de la taille d'une balle de tennis. Puis il jeta brusquement l'objet en question par terre. Au lieu du choc métallique attendu, cela fit un bruit d'éponge mouillée qui s'écrase sur du carrelage, et les stromillons devinèrent qu'il s'agissait d'un échantillon de ce mémométal étudié lors de leur dernier cours de chimie élémentale.

Ils en eurent confirmation lorsque mademoiselle Quémeneur eut actionné un bouton du boîtier noir récupéré sur l'austromobile. Aussitôt, la galette métallique gonfla, se déforma en tout sens. Les pages présents, qui ne connaissaient pas encore les étonnantes propriétés du mémométal, poussèrent des exclamations de surprise. Le processus de transformation se stabilisa. La forme mémorisée par cet échantillon faisait songer à une petite fusée, ou à un obus. Sa hauteur frisait le mètre cinquante et son volume était juste suffisant pour accueillir une personne assise. Une large ouverture révélait d'ailleurs qu'un fauteuil était installé à l'intérieur de l'ogive. L'engin ressemblait à un gros jouet d'enfant. Il aurait parfaitement pu trouver sa place sur un manège, entre le camion de pompier et l'éléphant à bascule.

— Et voici l'*aérostrom* ! clama le professeur Rochecourt, arborant un air fier digne d'une maman qui présente son nouveau-né.

Mademoiselle Quémeneur posa une main sur le fuselage argenté de l'appareil.

— Il est équipé d'un propulseur et fonctionne exactement comme l'austromobile, à ceci près qu'il vole, dit-elle. Enfin, normalement…

Elle fixa le petit générateur noir à un emplacement précis, sous le fauteuil.

— Si notre pilote d'essai veut bien s'installer… ajouta-t-elle.

Arthur prit place à l'intérieur de l'engin. Dès qu'il fut assis, un double anneau de sécurité se referma automatiquement autour de son torse. Le professeur Rochecourt lui donna un casque.

— Ne faites pas de folies, dit-il. Contentez-vous

d'élever l'aérostrom de quelques centimètres. C'est juste pour voir s'il fonctionne.

Après avoir mis le casque, Arthur ferma les yeux pour faire le vide dans sa tête. Il devait contrôler ses pensées, ne pas oublier que son cerveau était un moteur capable de mouvoir une machine volante.

Les professeurs s'éloignèrent prudemment de l'engin. Puis on entendit un sifflement aigu. L'aérostrom oscilla dangereusement d'un côté, menaça de tomber, se redressa. Enfin, il décolla et se stabilisa à un mètre du sol.

Le professeur Rochecourt laissa éclater sa joie en poussant un cri sauvage. Mademoiselle Quémeneur leva les bras en signe de victoire. Et, cette fois, l'assistance applaudit à tout rompre.

Grisé par le succès, Arthur décida de poursuivre l'expérience.

La petite fusée s'éleva lentement de trois mètres, changea de direction, tournoya gracieusement en dessinant un cercle parfait à mi-hauteur de la grande salle.

Soudain, sa vitesse s'accéléra.

L'aérostrom fit un looping, frôlant dangereusement le plafond, le mur et le sol. Il semblait que l'engin était devenu fou. Il se mit à avoir des mouvements erratiques. Il zigzagua en prenant de l'altitude avant de tomber en vrille, évitant de justesse de s'écraser.

Le professeur Rochecourt s'affola.

— Arrêtez ! Stop ! hurla-t-il en agitant les bras comme un pantin désarticulé.

Pour toute réponse, l'aérostrom changea brutalement de cap et fila droit vers l'assistance. Quelques-uns eurent la présence d'esprit de se précipiter à terre mais le professeur Rochecourt, lui, resta figé, raide comme un piquet. Lancée à pleine vitesse, la fusée fondit droit sur lui et il n'eut que le temps de déglutir en fermant les yeux.

L'impact n'eut pas lieu.

Le professeur rouvrit un œil, puis l'autre, et fixa en louchant l'aérostrom qui s'était immobilisé en l'air, la pointe à cinq centimètres à peine de son nez.

Enfin l'engin recula doucement, se redressa et se posa.

Arthur écarta les anneaux de sécurité et sortit de l'appareil, hilare.

— Essai réussi, dit-il. Il est carrément au point, votre machin.

— Vous êtes… vous êtes… un grand malade, bredouilla le professeur Rochecourt d'une voix blanche, pâle comme un linge.

Il exhala un long soupir, et sortit nerveusement un mouchoir pour éponger son front ruisselant de sueur.

— Mais je vous accorde néanmoins 5 PPDS, reprit-il enfin.

Et son maigre visage se fendit d'un large sourire.

Tout le monde voulut ensuite essayer l'aérostrom, mais seuls les stromillons furent autorisés à le faire.

L'engin se révéla d'une maniabilité exceptionnelle, obéissant au doigt et à l'œil aux consignes des jeunes pilotes qui se succédèrent sur le fauteuil.

Quand le groupe quitta enfin le laboratoire, Raphaëlle fit observer à son frère qu'il était déjà neuf heures trente.

— Il serait peut-être temps de nous préparer pour la réunion, dit-elle. C'est dans une demi-heure à peine.

— Mouais. Allons à la bibliothèque. Nous y serons tranquilles.

Ils saluèrent leurs compagnons en expliquant qu'ils devaient s'isoler pour parler. Cependant, tout le monde semblait parfaitement au courant du choix qu'ils devaient faire. Aussi reçurent-ils une salve d'encouragements, souvent assortis de remarques ou de conseils.

— On compte sur vous ! lança Yann.

— J'aimerais pas être à votre place, grimaça une stromillonne prénommée Diane.

— Moi, franchement, je pense que ce n'est pas raisonnable que vous acceptiez, soutint un troisième.

Visiblement, chacun avait son opinion sur ce qu'ils devaient décider. Arthur fut le dernier à défiler.

— Quelle que soit votre décision, ce sera la bonne, dit-il en leur assénant une bourrade amicale.

Avant de partir, Raphaël s'approcha de Yann et lui glissa à l'oreille :

— Pour ton énigme, la solution, c'est huit. En fait, il s'agit de chiffres romains. Tu les coupes en deux en traçant une ligne horizontale qui passe par leur milieu, puis tu gardes la moitié supérieure… XIII coupé en deux, ça fait VIII.

À dix heures précises, la grande porte s'ouvrit.

Aussitôt que les jumeaux franchirent le seuil de la salle de la Table ronde, le regard grave des chanceliers et des alchimistes se posa sur eux.

Tristan était là aussi. Il désigna les deux sièges qui leur avaient été réservés, les seuls encore disponibles autour de la table à l'exception du trône toujours vacant, réservé au Maëstrom.

Très impressionnés, les stromillons s'avancèrent jusqu'à leur place, mais restèrent debout, attendant que quelqu'un les autorise à s'asseoir.

— Avez-vous fait votre choix ? demanda Numéro 2.

— Oui, répondit Raphaël.

— Ce choix a-t-il été fait librement, sans contrainte ni pression ?

— Oui.

— Dans ce cas, nous vous écoutons.

C'est Raphaëlle qui répondit :

— Nous acceptons la mission.

Elle avait parlé d'une voix claire et assurée.

Un murmure de contentement emplit la salle. Visiblement, les plus hauts dignitaires de l'Organisation étaient très satisfaits et soulagés.

Tous, sauf Tristan Milan. Il se tassa sur lui-même et ferma les yeux, l'air résigné et abattu, comme si un médecin venait de lui annoncer que ses filleuls, presque ses enfants, étaient atteints d'une maladie incurable.

Chapitre 7
Première interprétation

D'un geste de la main, Numéro 7 invita les jumeaux à s'asseoir.

— Nous saluons votre courage, dit-il. Sachez que l'Organisation va mettre tous ses moyens à votre disposition pour vous aider à accomplir cette mission dans les meilleures conditions. Dès ce soir, vous allez constituer une équipe. Elle sera entièrement dédiée à cette tâche, à vos côtés et sous votre direction. Mais pour l'heure, je cède la parole à Son Excellence Boris Chibayoff, Grand alchimiste.

À la droite du chancelier, un homme se leva. Éclairé par des yeux bleus légèrement bridés, son visage était de type slave, avec de larges pommettes, une peau claire et un nez fortement busqué. Il s'inclina pour saluer l'assemblée, promena longuement son regard tout autour de la Table ronde, puis commença à parler.

— L'assemblée des alchimistes m'a fait l'honneur de me désigner en tant que rapporteur, dit-il d'une voix chevrotante, avec un fort accent russe. Nous avons commencé à travailler au déchiffrement de la trente-septième prophétie. Il nous faudra quelques jours avant de pouvoir l'interpréter dans son intégralité. Car certaines choses doivent être vérifiées et des passages restent encore obscurs. Mais nous pouvons d'ores et déjà révéler certains éléments qui seront utiles à jeunes enquêteurs. Si vous le voulez bien, je vous propose de reprendre le texte de ce dizain, strophe après strophe.

Les chanceliers échangèrent un regard approbateur.

— Bien, reprit l'alchimiste. Tout d'abord…

— Un instant, je vous prie, l'interrompit Numéro 7.

Il baissa la tête, porta une main à l'oreille, comme s'il recevait un message sur un téléphone portable invisible, et hocha plusieurs fois la tête. Enfin, il se pencha vers son voisin pour lui murmurer quelques mots.

— Le Maëstrom souhaite se joindre à nous, annonça Numéro 2.

L'assemblée se leva, et tous les regards convergèrent vers le trône réservé au chancelier suprême.

On entendit presque aussitôt un grésillement et une silhouette brouillée apparut.

— Veuillez poursuivre, commanda la voix cryptée du Maëstrom.

À la différence de son frère, Raphaëlle n'avait jamais été en présence de Numéro 1. Elle fut subjuguée par cette apparition très spectaculaire. La bouche ouverte, elle darda des yeux ronds en direction de l'hologramme, oubliant ce qui l'entourait, au point que Raphaël dut la tirer par la manche pour lui faire remarquer que tout le monde s'était rassis et lui jetait un regard insistant pour qu'elle fasse de même.

Alors Boris Chibayoff reprit le fil de son propos.

— Commençons par les deux premiers vers, dit-il.

Il fit un moulinet de la main et les mots se dessinèrent, flottant au-dessus de la Table ronde.

L'ultime des trente et sept de toutes est la pire
Lors pourrait le soleil au lendemain ne plus luire

— L'interprétation en est aisée. *Trente et sept* est une mise en abyme par laquelle Nostradamus fait bien évidemment allusion à la prophétie elle-même. Aucun doute n'est possible car le nombre est précédé de l'adjectif substantivé *ultime*. On peut tirer deux enseignements de cette strophe. Premier enseignement : la prophétie annonce sans ambiguïté l'imminence possible de l'Armageddon, la fin du monde…

— Purée ! s'exclama Raphaël.

Tristan lui asséna un coup de coude.

— Oups… pardon, s'excusa le stromillon en remarquant plusieurs regards courroucés autour de la table. Euh… allez-y.

— J'ai dit *possible*, reprit l'alchimiste. J'insiste sur ce mot, car il est essentiel. Et c'est le second enseignement de nos recherches : toute la prophétie est écrite à la forme conditionnelle.

— C'est assez inhabituel dans les prophéties de Nostradamus, me semble-t-il, fit observer le Maëstrom.

L'alchimiste acquiesça.

— En effet. Les trente-six prophéties cachées étaient à l'indicatif, de sorte que les événements annoncés étaient inéluctables. L'usage du conditionnel est le seul élément encourageant de cette dernière prophétie, car il laisse entendre que la fin du monde peut être évitée. À condition, bien sûr, de faire ce qu'il faut.

Sur ces mots, il fixa les jumeaux qui s'enfoncèrent instinctivement dans leur fauteuil, comme s'ils commençaient à ressentir le poids écrasant de leur mission. Une image s'imposa à l'esprit de Raphaël, celle d'Atlas portant sur son dos le globe terrestre. Il s'imagina à la place du mythologique Titan. Déjà que son sac à dos de collégien lui faisait mal au dos…

L'alchimiste fit apparaître la seconde strophe.

Si de tous les dons la boiste à l'indicible mo(r)t
Par les treize sangs guise d'huis hors sort.

— Ces deux vers sont les plus obscurs, dit-il. Nous avons peut-être une piste, notamment en ce qui concerne le premier hémistiche, *Si de tous les dons la boiste*, mais ce n'est encore qu'une hypothèse et nous devons la vérifier et l'approfondir. S'agissant des *treize sangs*, il est probable qu'ils font référence à la strophe suivante où le chiffre treize apparaît encore à deux reprises.

L'alchimiste marqua un temps de silence, tandis que la suite de la prophétie s'affichait.

Les treize des cinq méridiens et de treize
Par le malestre aux mille visages enroslez ;

— Je passerai directement au sixième vers parce que son sens ne fait aucun doute. Le *malestre aux mille visages*, chacun de vous l'aura deviné, c'est bien évidemment le Margilin. Depuis des siècles, c'est le surnom qui lui a le plus fréquemment été attribué.

Raphaëlle se pencha vers Tristan pour lui murmurer à l'oreille :

— Mais c'est qui, à la fin, ce Margilin ?

Grâce à son oreille parfaite, Numéro 7 saisit la question et prit la parole pour répondre.

— Il est normal que vous l'ignoriez, dit-il, car en principe la démonologie n'est enseignée qu'aux chevaliers. Le Margilin est un démon de catégorie 2, l'un des plus vieux ennemis de notre organisation. Vous allez bientôt rencontrer le meilleur spécialiste du Margilin, venu spécialement pour vous en parler. Il ne devrait pas tarder à arriver. D'ailleurs, vous le connaissez déjà.

Les jumeaux échangèrent un regard entendu. L'expert en question, c'était sûrement Olympe. Parmi les jurons qui avaient coutume d'agrémenter son vocabulaire, celui qui revenait le plus fréquemment était *Crénom de Margilin*.

— *Non, c'est quelqu'un d'autre*, dit mentalement Tristan avec un clin d'œil.

Numéro 2 fit signe à l'alchimiste de poursuivre.

— Il semble, à la lecture des vers 5 et 6 que le Margilin poursuit une mission bien précise. Il est chargé d'enrôler (c'est le terme employé) *les treize des cinq méridiens*. Nous ignorons encore qui sont ces « treize » en question. Humains ? Démons ? Autres ? C'est un élément clef de la prophétie. Aussitôt que nous aurons pu comprendre ce passage, le sens général du dizain nous apparaîtra beaucoup plus clairement.

— Et comment interprétez-vous les *cinq méridiens* ? demanda Numéro 10 qui était restée silencieuse jusque-là.

— Nostradamus utilise cette expression dans plusieurs de ses prédictions. Y compris dans deux prophéties cachées, la quinzième et la vingt-septième. À chaque fois, elle est employée dans le même sens. S'il fallait prendre une locution synonyme, je choisirais « aux quatre coins du monde ». Et ceci, d'ailleurs, nous incline à penser que les *treize* seraient plutôt à rechercher dans l'espèce humaine. Mais ce n'est bien sûr qu'une conjecture.

Le rapporteur russe scruta l'assemblée. Comme personne ne semblait avoir de question, il passa à la strophe suivante.

Chaos sur l'humaine escorce et bien pis encor
Si aperte quand prochain défaut Séléné sera lors

— Le septième vers est à rapprocher des deux premiers. Il annonce clairement de grands malheurs. *L'humaine escorce*, c'est bien sûr toute l'espèce humaine qui peuple la surface terrestre. Le vers suivant est très intéressant parce qu'il nous donne une indication temporelle précise. Dans la mythologie grecque, Séléné, fille du Titan Hypérion, personnifie la lune. Ou plus précisément la pleine lune. *Prochain défaut Séléné* est une périphrase poétique. Elle signifie que la catastrophe annoncée doit se produire, ou en tout cas *peut* se produire, lors de la « prochaine éclipse de Lune ».

Il marqua un temps de silence avant d'ajouter en hochant gravement la tête :

— Et la prochaine éclipse est prévue le 25 décembre prochain, au soir du jour de Noël. Cette nuit-là, la lune sera pleine. Cela nous laisse donc exactement quinze jours… Oui, nous sommes à J-15…

Une expression de grand trouble se dessina sur le visage de Numéro 7. Les autres chanceliers eurent la même réaction, fronçant les sourcils, arborant toute la palette d'attitudes exprimant la surprise, l'inquiétude ou le désarroi. Seuls les alchimistes étaient restés impassibles, sans doute parce qu'ils étaient déjà au courant de cette funeste échéance et avaient eu le temps de s'y habituer.

— Continuez, dit la voix cryptée du Maëstrom.

Le grand alchimiste fit apparaître deux nouveaux vers qu'il lut de sa voix chevrotante :

Pleurs, crys et sang, onc nul temps si amer
Ultra : vide, néant, Nostredame pis qu'Homère.

— La dernière strophe de ce dizain ne nous a pas posé trop de difficulté. Elle est malheureusement assez limpide. Le neuvième vers se contente d'insister de façon quasiment hyperbolique sur les malheurs qui risquent de s'abattre sur l'humanité. Et dans le dernier vers de sa dernière prophétie, Nostradamus annonce qu'il ne voit rien au-delà de ce grand soir. Pour ce faire, il se met lui-même en scène – ce qui est sans précédent dans toute son œuvre –, sans doute parce que cet alexandrin est en quelque sorte un testament, puisqu'il n'a plus jamais écrit après. Dans cet ultime vers, il se compare aussi à Homère, l'auteur de *L'Iliade* et de *L'Odyssée*. Pourquoi Homère ? Tout simplement à cause de l'expression *Dicitur Homerum caecum fuisse*, que les latinistes connaissent bien, qui se traduit de la façon suivante : « on dit qu'Homère était aveugle ». Une autre façon, pour Nostradamus, d'insister avec emphase sur le fait qu'il lui est impossible de prévoir l'avenir après la prochaine éclipse lunaire. C'est sa phrase de conclusion. Une chute qui, prise dans son sens le plus pessimiste, peut signifier qu'il assimile l'avenir… au néant. Je vous remercie et reste à votre disposition si vous avez des questions.

Boris Chibayoff balaya d'un regard les visages des chanceliers où il put lire une profonde anxiété, puis s'assit.

Une main se leva.

— Vous avez une question, mademoiselle Chêne ? s'étonna Numéro 7.

La stromillonne eut un hochement de tête et se leva.

— Grand alchimiste, dit-elle en s'adressant directement à Boris Chibayoff, pourriez-vous me dire ce que mon frère a mis dans sa poche droite ?

L'alchimiste parut surpris par la question.

— Ce qu'il a dans la poche ? répéta-t-il.

— Oui, là, fit Raphaëlle souriant avec un petit air de défi en tapotant le côté droit du survêtement de son frère.

Le Russe haussa un sourcil.

— Je ne vois pas où vous voulez en venir, dit-il, mais l'objet qui est dans cette poche m'a tout l'air d'être un stylo-bille quatre couleurs. Et sauf erreur de ma part, ce stylo est en réalité un komolk.

Le sourire de Raphaëlle s'effaça net.

— Bien essayé, lui souffla Tristan, mais tu es mal tombée : les alchimistes n'ont pas besoin de scrutateurs pour avoir un œil stromique.

— Je… je suis désolée, bafouilla Raphaëlle en baissant la tête, rouge de confusion.

Le Maëstrom émit un bruit grinçant qui pouvait tout aussi bien être un rire qu'une manifestation d'impatience.

— Que vouliez-vous nous dire, exactement, jeune fille ? reprit-il ensuite.

Raphaëlle releva péniblement la tête.

— En fait, je voulais juste démontrer que ce n'est pas parce qu'on ne voit pas une chose qu'elle n'existe pas. Mais c'est un peu raté, lâcha-t-elle avec une grimace penaude.

— Gros flop ! chuchota Raphaël, histoire de décontracter sa sœur.

D'un coup de talon, elle lui écrasa le pied et il dut réprimer un cri de douleur.

— Vous avez quelque chose à ajouter, monsieur Chêne ? demanda Numéro 1.

— Euh… non, non, mais c'est vrai ce qu'elle dit, improvisa-t-il. Si Nostradamus ne voit rien après le 25 décembre, ça ne signifie pas forcément que tout s'arrête à cette date. Enfin, vous voyez…

Il y eut un bref silence, puis le Maëstrom reprit la parole :

— S'il y en a quelques-uns autour de cette table qui se demandent encore pourquoi le choix des furolins s'est porté sur eux, je crois que nous venons d'avoir la réponse. Ces deux jeunes stromillons font preuve d'une confiance inébranlable. Ils ont compris que la résignation et le doute sont nos pires ennemis dans l'épreuve que nous allons affronter. J'ajouterai que je ne crois pas aux fins définitives, car ce que l'on appelle fin n'est souvent que le début d'autre chose. Quoi qu'il en soit, je remercie l'ordre des alchimistes pour son premier travail et vous, cher Boris, pour votre exposé très clair. Combien de temps pensez-vous que cela prendra pour déchiffrer complètement la dernière prophétie de Nostradamus ?

— Une petite semaine, je pense, répondit le grand alchimiste. D'ici là, nous aurons vérifié toutes les hypothèses et, je l'espère, réussi à interpréter les passages les plus obscurs.

— Bien, faites au plus vite, reprit le chancelier suprême. Le temps est précieux. Quant à vous, jeunes stromillons, je compte sur vous pour constituer dès ce soir votre équipe. Tous les moyens de l'Organisation sont à votre disposition. Et je demande à tous les chanceliers de considérer cette enquête comme archiprioritaire.

Les chanceliers hochèrent la tête en signe d'assentiment.

Il y eut une détonation sèche, comme un fouet qui claque, et le Maëstrom disparut.

Après la réunion, Numéro 7 conduisit les jumeaux au second sous-sol.

Sans même demander la permission au chancelier, Tristan Milan les accompagna, plus que jamais décidé à remplir jusqu'au bout son rôle de parrain.

— Je ne vous quitterai plus d'une semelle, avertit-il. Je serai l'ombre de votre ombre.

— Nous ne savons pas encore si tu feras partie de notre équipe, lança Raphaël, l'œil malicieux.

C'était une plaisanterie, mais elle ne fit pas du tout rire le séide.

Numéro 7 poussa la porte de la salle des quêtes et enquêtes. Assis sur un tabouret, à l'entrée de la bibliothèque, Anatole Carambole semblait les attendre.

— Tout est prêt ? demanda le chancelier.

— Absolument, répondit le bibliothécaire.

Puis, en se tournant vers les jumeaux, il ajouta :

— Ainsi, vous avez accepté cette mission. J'en étais sûr. Si vous avez besoin de quoi que ce soit, je serai là, jour et nuit, ainsi que mes livres, mes archives et tous mes dossiers.

— Merci, Anatole et… que ce jour te soit doux.

À sa suite, ils traversèrent l'immense salle jusqu'à la grille noire bloquant l'accès à la partie interdite de la bibliothèque, surnommée l'enfer, obliquèrent sur la droite et pénétrèrent dans un couloir faiblement éclairé sur lequel donnaient une demi-douzaine de portes vitrées.

Anatole Carambole poussa la première, sur sa gauche.

— Je vous ai réservé le meilleur bureau d'enquête, dit-il. J'ai pris la liberté de rassembler un peu de documentation relative au Margilin et aux prophéties de Nostradamus.

Plusieurs piles vacillantes mangeaient la moitié de la table centrale, presque jusqu'au plafond. Il y avait de vieux grimoires, des livres modernes, quantité de dossiers. Il aurait fallu certainement plusieurs années pour tout lire.

Le bibliothécaire se dirigea vers un immense écran plasma qui occupait un pan de mur entier.

— Mais l'essentiel des informations est surtout là-dedans, ajouta-t-il. Ce petit bijou est l'ordinateur le plus puissant du monde. Il est capable d'opérer à une vitesse de 300 pétaflops par seconde. Et comme vous le savez sûrement, un pétaflops correspond à un million de milliards d'opérations à la seconde.

— Oui, bien sûr, fit Raphaëlle qui s'y connaissait autant en informatique qu'un nouveau-né en physique quantique.

— Je l'ai baptisé Soleil parce que sa mémoire est telle que si toutes les informations qui peuvent y être stockées étaient imprimées dans un livre, celui-ci aurait une épaisseur de cent cinquante millions de kilomètres, soit la distance de la Terre au Soleil.

— Balaise ! s'exclama Raphaël.

— Il est à commande vocale et comprend plus de mille langues, dialectes, patois, vivants ou morts, poursuivit Anatole Carambole. Il fait aussi office de visiophone et vous permet de contacter n'importe laquelle des neuf commanderies dans le monde. Des questions ?

— Euh… vous auriez un crayon et du papier ? demanda Raphaëlle.

— Du… Oh, mais bien sûr, s'exclama le bibliothécaire. Je vais vous chercher ça tout de suite.

— Deux crayons, si possible, ajouta son frère en posant sur la table son stylo-bille, auquel il dit : Sparadrap, transmutation, tu peux te dégourdir un peu les jambes.

Plop ! Le komolk prit sa véritable apparence. Il lissa son duvet beige et ajusta l'espèce d'antenne en tire-bouchon qui se dressait sur sa grosse tête. Puis il regarda autour de lui et s'approcha de la pile de vieux livres la plus proche, qu'il se mit à flairer avec gourmandise.

En sortant, Anatole bouscula un homme qui venait de franchir le seuil de la pièce. Mince et athlétique, il avait des yeux bleus incroyablement clairs et des cheveux blonds presque blancs, coupés ras.

D'un signe de tête, le nouvel arrivant salua Numéro 7 et s'approcha des jumeaux.

— Bjorn Gorblurg, dit-il d'une voix grave et un peu enrouée.

— Vous avez… mal à la gorge ? demanda Raphaël.

— Non, c'est mon nom, sourit l'homme. Je sais, ça ressemble un peu à un borborygme, mais mon père est suédois.

Ne sachant plus où se fourrer, Raphaël se contenta de lui tendre maladroitement la main.

— Bjorn dirige l'Œil, expliqua Tristan.

— Je pense qu'il serait utile de l'inclure dans votre équipe, ajouta Numéro 7 en s'asseyant. D'ailleurs, il faudrait maintenant que vous décidiez qui travaillera à vos côtés. Un groupe entièrement dédié à cette enquête et déchargé de toute autre tâche. Vous-mêmes, d'ailleurs, serez exemptés de collège jusqu'à Noël.

— S'il le faut, dit Raphaël en affectant un air contrit.

— Vous serez également logés ici, à l'hôtellerie, pour vous éviter les trajets. Bon, alors, qui voulez-vous dans votre équipe ?

Les jumeaux tirèrent une chaise et tout le monde prit place autour de la table.

— Ben, Tristan, déjà, commença Raphaël. Et Bjorn… euh… Zorglub…

— Gorblurg, corrigea le directeur de l'Œil.

— Oui, pardon.

— Qui d'autre ?

— Nous avons droit à combien de personnes ?

— Autant que nécessaire. Vous pourrez, bien sûr en choisir d'autres plus tard, mais le temps nous est compté et il faut immédiatement constituer la première équipe.

— Est-ce qu'on peut prendre Arthur ? demanda Raphaëlle. Nous fonctionnons bien, tous les trois.

— Aucun souci. C'est vous qui décidez.

— Sinon, je proposerais bien aussi Anatole Carambole, ajouta la stromillonne. S'il est d'accord, bien sûr.

Le bibliothécaire arrivait justement, une boîte de crayons dans une main, une liasse de feuilles dans l'autre.

— Je serai très honoré de vous aider avec mes modestes moyens dans cette enquête, dit-il en faisant papillonner ses sourcils broussailleux.

— Quelqu'un d'autre ? demanda le chancelier.

Sparadrap tourna son gros œil humide vers son maître, dressa sa petite trompe et commença à trépigner de ses pattes palmées, guettant la réponse.

— Non, ce sera tout, dit Raphaël.

Le komolk croisa les bras et détourna la tête, vexé, furieux.

— Je blaguais, reprit le stromillon. On te prend aussi, affreux machin. Tu me serviras de boule anti-stress.

Sparadrap se retourna à moitié, l'air encore boudeur, mais on pouvait lire au fond de son œil qu'il était soulagé.

— Tu pourrais me remercier, au moins, lui lança le garçon.

— Je ne suis pas un distrrributeurrr automatique de merrrci, sieurrr Rrraphaël, répliqua la créature.

— Bon, monsieur Carambole, auriez-vous l'amabilité d'aller chercher le jeune Arthur Bruno ? demanda Numéro 7.

Puis, se tournant vers les jumeaux, il ajouta :

— Vous allez vous mettre immédiatement au travail. Grâce aux premiers déchiffrages des alchimistes, vous disposez de quelques pistes d'investigation. Toute l'Organisation compte sur vous. Soyez vaillants et astucieux, et que le Strom soit avec vous !

Les jumeaux se regardèrent du coin de l'œil, très mal à l'aise. Ils étaient effrayés par l'ampleur de la tâche et, plus encore, par les espoirs que tout le monde plaçait en eux.

— Vous… vous nous avez parlé d'un spécialiste du Margilin qui doit nous aider, rappela Raphaëlle. C'est qui ?

— Moi ! lança une voix familière, juste derrière.

Chapitre 8
Le Margilin

J-15

L'homme qui venait d'apparaître dans l'embrasure de la porte était entièrement habillé de noir si bien que, pendant une fraction de seconde, les jumeaux crurent qu'il s'agissait de Faust. Mais ce n'était pas lui. Ce n'était pas non plus un alchimiste.

— Content de vous revoir, les amis, dit-il.

Tristan se leva pour accueillir le nouvel arrivant qui n'était autre qu'Alexandre Giboise, son ancien parrain retiré depuis vingt ans dans un monastère. Les jumeaux avaient fait sa connaissance lors de leur enquête sur le Collectionneur.

— Merci d'avoir répondu à notre appel, fit Numéro 7. Le voyage s'est bien passé ?

— Parfaitement bien, dit le moine en s'asseyant lourdement. Cela faisait bien longtemps que je n'étais pas monté dans un hélicoptère. Tiens, tu es là aussi, toi ?

Il venait de remarquer la présence de Sparadrap, assis sur une petite pile de livres qu'il avait disposés sur la table en guise de siège.

— Je suis la boule antistrrress de sieurrr Rrraphaël, ronchonna le komolk.

— Bien. Racontez-moi tout, reprit Giboise en se tournant vers le chancelier. J'ai bien compris que notre ennemi le Margilin prépare encore un sale coup, mais j'ai besoin d'en savoir plus.

Numéro 7 fit un rapide résumé de la situation, évoquant la prophétie et les premières pistes d'interprétation des alchimistes. Le vieux moine écouta attentivement, le front plissé. Il eut un petit mouvement pour marquer son étonnement quand il comprit que les jumeaux étaient en charge de cette enquête. À la fin, sa tête dodelina lentement et il dit :

— Nous avons donc quinze jours pour éviter à notre bonne vieille Terre une possible apocalypse… Je me doutais que c'était grave, mais pas à ce point. Non, certainement pas…

Anatole Carambole entra à cet instant, accompagné d'Arthur qui, visiblement, avait été tiré de son sommeil. Le garçon était coiffé comme l'as de pique et son T-shirt était à l'envers.

— Votre équipe est maintenant au complet, dit Numéro 7 en se levant. Je vais vous laisser. Je compte sur vous pour me faire un rapport régulier. Bonne chance.

Il quitta la pièce, refermant derrière lui la porte vitrée.

Quand tout le monde fut installé, un silence gêné s'installa. Alors, seulement, les jumeaux réalisèrent que toute la tablée attendait qu'ils prennent une initiative. Après tout, maintenant c'était eux, les chefs. Ils étaient les plus jeunes et les moins expérimentés du groupe, mais les furolins les avaient désignés. Et ils avaient accepté la mission. Le problème, c'est qu'ils n'avaient strictement aucune idée de ce qu'il fallait faire.

— Et si vous nous parliez du Margilin, demanda Raphaëlle.

Du coup, l'attention de tous se reporta sur le moine qui entrecroisa les doigts sous son menton. Ses yeux bleu clair, semblables à l'eau d'un lagon, se fixèrent sur le mur en face de lui, mais son regard était bien plus lointain, comme s'il contemplait l'infini ou l'éternité. D'une voix posée, il commença à parler :

— Prince noir, malestre aux mille visages, voyageur des ténèbres… les surnoms du Margilin sont innombrables. Nul ne sait exactement qui il est ni quelle est sa véritable apparence. Nous savons simplement que c'est un démon et qu'il erre sur les chemins du monde depuis la nuit des temps. Sa mission, pour autant qu'on puisse en juger, est de semer le chaos dans l'humanité, de dresser les hommes les uns contre les autres. Le Margilin agit toujours dans l'ombre, obéissant à des consignes qui lui viennent de Satan lui-même dont il semble très proche. Si proche que certains, par le passé, à commencer par Pythagore lui-même, notre fondateur, ont été tentés de les confondre. La trace la plus ancienne mentionnant son passage remonte aux débuts de l'écriture. En 1923, un archéologue a découvert dans un tombeau perdu au cœur du désert une tablette qui parle de lui…

Anatole Carambole leva une main, comme à l'école, pour indiquer qu'il souhaitait intervenir.

— Peut-être pourrions-nous utilement illustrer votre récit par des images ? proposa-t-il. Soleil peut parfaitement le faire.

— Excellente idée, fit le moine.

Le bibliothécaire se tourna vers l'écran plasma.

— Soleil, connexion !

Un visage féminin apparut sur l'écran de l'ordinateur.

— Je vous écoute, dit une voix suave.

— Mets-toi en mode *intelligence artificielle*. Tu vas écouter ce qui sera dit dans cette pièce et afficher les documents correspondants. Accès illimité, aucune restriction, les personnes présentes disposent de toutes les habilitations nécessaires. Compris ?

— La consigne est très claire et je m'efforcerai de répondre du mieux possible à vos attentes, répondit Soleil.

Anatole Carambole afficha un petit air satisfait et Alexandre Giboise put reprendre le fil de son récit :

— Je disais donc qu'on a retrouvé une tablette cunéiforme, vieille de plus de cinq mille ans, c'est-à-dire datant du tout début de l'écriture, qui évoque le Margilin…

La photo d'une tablette d'argile rectangulaire apparut en gros plan sur l'ordinateur, couverte de signes ressemblant sommairement à des clous simples, doubles ou imbriqués les uns dans les autres.

— Oui, c'est bien celle-là. Le texte que vous voyez est un testament écrit par un simple berger, devenu roi grâce à un objet magique qui lui aurait été offert par – je cite la formule employée – un être ardent et changeant, homme pour les uns, femme pour les autres. L'objet en question, une sorte de bague, était capable de transformer en pierre n'importe quel être vivant qui le toucherait, à l'exception de son propriétaire…

Soleil fit apparaître la photo d'une bague en bronze calcifié, protégée par une cloche de verre.

— Il semble que le roi ait usé et abusé de son privilège. Son peuple a fini par se rebeller et l'a exilé dans le désert. Et c'est là qu'il a gravé, sans doute peu avant sa mort, cette tablette sur laquelle il raconte son histoire. Bien sûr, me direz-vous, tout cela ressemble à un conte. Ou à un récit mythologique, un peu dans la même veine que l'épopée de Gilgamesh, écrite elle aussi sur des tablettes cunéiformes. Tel n'est pourtant pas le cas. L'archéologue qui a découvert le tombeau l'a appris à ses dépens. Regardez…

Giboise pointa son doigt vers l'écran mural et, aussitôt, Soleil diffusa un vieux documentaire amateur, filmé en noir et blanc. On y voyait un trou, creusé au pied d'un promontoire rocheux. Un homme se tenait là, immobile, accroupi au-dessus d'un squelette recroquevillé. La caméra tourna autour du trou, se rapprocha du visage et, même si l'image tressautait un peu, on voyait clairement que l'homme n'était plus de chair et d'os, mais d'une affreuse pierre grise.

Raphaëlle eut une grimace de dégoût.

— Le malheureux a été instantanément statufié, sous les yeux de son équipe, expliqua le moine. Et devinez ce qu'il tient dans la main ?

— La bague… fit Raphaël.

— Exactement. Comme vous vous en doutez, l'Organisation a immédiatement pris les choses en main. En examinant la bague, nous avons pu constater qu'elle contenait une magie noire extrêmement puissante. Et c'est en traduisant la tablette que nous avons fait le lien avec le Margilin, ce démon que notre confrérie traque depuis des siècles.

— Depuis des siècles ? releva Raphaël.

— Vingt-cinq siècles, oui.

— Et nous sommes censés le trouver en moins de quinze jours ?

— En quelque sorte.

Raphaël se gratta l'oreille, de plus en plus déconcerté.

— En tout cas, si quelqu'un a une idée, je prends, dit-il.

Le moine fit mine de ne pas avoir entendu et continua son récit.

— Pendant près de trente ans, au sein de l'Organisation, j'ai fait partie de la cellule de traque du Margilin. Nous avons maintes fois trouvé sa trace, mais toujours trop tard. Car son mode opératoire, depuis des millénaires, est toujours le même. Il se cherche une proie, gagne sa confiance et finit par la séduire. Il ne se montre jamais à plusieurs personnes en même temps.

— Pourquoi ? demanda Raphaëlle.

— Oh, pour une raison très simple. Si on l'appelle *le malestre aux mille visages*, c'est parce qu'il change d'apparence selon celui qui le regarde. S'il était dans cette pièce, aucun d'entre nous ne verrait le même être, et il serait découvert. Sa grande force, c'est qu'il est capable de lire l'aura humaine et d'y déceler nos désirs cachés, nos faiblesses ou nos passions. Une fois qu'il a identifié une proie, souvent une personne solitaire, il l'observe patiemment, tapi dans l'ombre. Il ne se dévoile pas avant d'avoir identifié sa faille, et il prend alors l'apparence la plus proche des goûts de sa victime. Vous par exemple, mademoiselle, vous préférez les blonds ou les bruns ?

Comme par réflexe, Raphaëlle tourna la tête vers Arthur et, aussitôt, détourna précipitamment le regard. Ses pommettes devinrent toutes roses.

— Ce n'est pas une question piège, dit le moine. Alors ? Blonds, bruns, petits, grands, gros ?

La jeune fille émit un rire gêné.

— Euh… plutôt bruns, répondit-elle.

— Alors si vous croisiez le Margilin, vos yeux le verraient brun. Et s'il réussissait à gagner votre confiance, il vous proposerait un magnifique objet, exactement ce dont vous auriez toujours rêvé au plus profond de vous. Un objet, vous l'aurez compris, chargé de magie noire.

— Quoi, par exemple ? demanda Arthur, à présent parfaitement réveillé.

— Grands dieux, l'imagination du diable est aussi illimitée que la folie humaine ! Au cours des siècles passés, je crois que nous avons réussi à collecter environ trois cents de ces cadeaux maudits. Ils sont tous rassemblés dans notre musée de l'insolite.

— Un musée de l'insolite ? intervint Raphaël.

— On ne vous en a pas encore parlé ? s'étonna Giboise.

Les trois stromillons firent non de la tête.

— Soleil, pourrais-tu nous montrer le musée de l'insolite ? lança le bibliothécaire en s'adressant à l'ordinateur. En mode visite virtuelle.

Une image panoramique apparut sur l'écran. On aurait dit une arrière-boutique de brocanteur, à ceci près que le nombre d'objets visibles et les dimensions de la salle donnaient le vertige. Jusqu'à perte de vue, on pouvait observer des centaines d'étagères alignées, des vitrines, des meubles, des caisses entreposées les unes sur les autres. Au premier plan, disposée sur une table circulaire, on remarquait une enclume dans laquelle était fichée une épée.

— C'est… Excalibur ? demanda Arthur.

Tristan hocha la tête affirmativement.

— Oui, l'épée du roi Arthur, l'un des fleurons de notre collection. Comme vous vous en doutez, ce n'est pas vraiment un musée qui se visite, expliqua-t-il. C'est plus une réserve qui rassemble toutes les découvertes insolites accumulées au cours des siècles.

— Où se trouve-t-il ? s'enquit Raphaëlle.

— Confidentiel, répliqua son parrain. Je peux simplement vous dire qu'il est dissimulé dans l'un des endroits les plus célèbres du monde.

— Le Louvre ?

— Je ne parlerai pas, même sous la torture. De toute façon, on vous le dira quand vous serez séides. Vous aurez même le droit d'y faire un tour.

Alexandre Giboise se tourna vers le bibliothécaire.

— Soleil peut nous promener dans le musée ? demanda-t-il, excité comme un enfant dans un parc d'attractions.

— Naturellement. On peut même lui demander de se mettre en mode 3D, si vous le souhaitez. Même pas besoin de lunettes.

— C'est formidable ! s'enthousiasma le moine. Mademoiselle Soleil, auriez-vous l'extrême amabilité de nous conduire au département de la magie noire, section Margilin ? En mode 3D, s'il vous plaît.

La visite virtuelle commença. Grâce aux images en relief, les spectateurs avaient véritablement l'impression d'être dans le musée. À vitesse rapide, ils empruntèrent une allée, puis une autre, contournèrent une énorme machine oblongue qui ressemblait fort à une épave de navette spatiale, slalomèrent entre plusieurs tables couvertes d'objets hétéroclites qu'ils n'eurent pas le temps d'identifier. Enfin, la course ralentit et l'image finit par se stabiliser, cadrée sur un bahut vitré aux dimensions impressionnantes.

— Voici l'armoire aux sortilèges, dit Giboise. Ce qu'elle contient ferait le bonheur de tous les amateurs de magie. On y trouve la bague pétrifiante dont je parlais tout à l'heure, et quantité d'autres choses.

— On peut en voir quelques-unes ? supplia Raphaël.

Le moine haussa les épaules.

— Si ça vous amuse, mais rapidement, alors. Mademoiselle Soleil, pouvez-vous nous montrer une petite sélection au hasard. Disons… trois objets.

Une bourse en cuir apparut en gros plan.

— Ce vieux gousset contient des pièces d'or. Sa particularité, c'est qu'il reste toujours plein et permet donc à son propriétaire de s'enrichir indéfiniment.

Le malheureux qui en a hérité était un notaire très avare qui vivait, si ma mémoire est bonne, au XVIᵉ siècle en Espagne. Il a fini par sombrer dans la folie.

La photo suivante montrait une plume.

— La plume d'éloquence, reprit Giboise. Offerte à un jeune scribouillard sans talent, elle lui a permis d'atteindre la gloire, la célébrité… Je tairai son nom mais il est très connu. J'ajoute que ça s'est très mal fini pour lui aussi.

L'ordinateur Soleil zooma sur une sorte de gri-gri en ivoire, taillé en forme de lion rugissant.

— Ah, cet objet est particulièrement intéressant, lança-t-il. Celui qui le tient dans sa main peut ordonner ce qu'il veut, il sera obéi aveuglément. Le Margilin l'a offert à un jeune lieutenant très ambitieux. Pendant presque toute sa carrière militaire, il l'a conservé sur lui, toujours dissimulé dans une petite poche cousue spécialement à l'intérieur de ses gilets. Cet homme s'appelait Napoléon Bonaparte.

Le moine fit un moulinet avec sa main en poursuivant :

— Il y a aussi des philtres d'amour, des cornes d'abondance, des armes qui ne manquent jamais leur cible, ou encore des talismans qui rendent beaux, forts, intelligents, puissants et j'en oublie… Mais le plus important, dans cette histoire, c'est que tous ces présents, depuis des siècles, ont porté malheur à leurs bénéficiaires et, plus généralement, à l'humanité. Car l'obsession du Margilin, partout où il passe, est de semer la jalousie, la discorde, la division, la guerre, le chaos.

Il marqua un temps de silence avant d'ajouter :

— Depuis des siècles, l'Organisation constate les désordres qu'il a engendrés, mais nous arrivons toujours trop tard. Cela fait bien vingt ans qu'on n'a plus entendu parler de lui. La dernière fois que son nom a été prononcé devant moi, je venais d'entrer au monastère, et j'ai reçu la visite d'une sorte d'illuminé qui semblait connaître son existence et s'était mis dans l'idée de le capturer. Depuis, rien. À en croire la prophétie, je suppose que le Margilin s'est donné le temps de concocter un plan de grande envergure. J'ignore encore de quoi il s'agit, mais j'ai le pressentiment que c'est le but ultime de la mission que lui a confiée Satan. Nous devons tout faire pour l'empêcher de réussir. Il en va de la survie de l'humanité.

Il se tut et ferma les yeux, comme s'il entrait en méditation.

Bjorn Gorblurg en profita pour prendre la parole.

— Que proposez-vous ? dit-il en s'adressant aux jumeaux.

Raphaëlle se tourna vers son frère, qui se crut obligé de répondre.

— Ben… on pourrait déjà donner un nom à notre groupe ? suggéra-t-il piteusement.

Si la situation n'avait pas été aussi grave, Arthur aurait certainement éclaté de rire. Mais, bon camarade, il se contenta d'un léger sourire.

Sparadrap, lui, n'eut pas ce scrupule.

— Grrrotesque ! se moqua-t-il en secouant la tête d'un air affligé.

D'un geste ferme de la main, Anatole Carambole lui fit signe de se taire.

— Je propose... Commando 37, poursuivit Raphaël sans se démonter. À cause de la trente-septième prophétie.

— Très bien, nous progressons à pas de géants, dit ironiquement Tristan.

Le stromillon était à deux doigts de s'effondrer en larmes. Son esprit était totalement bloqué, paralysé, vide. Et la situation lui apparut dans toute son absurdité : les adultes qui l'entouraient, lui et sa sœur, étaient cent fois plus savants et aguerris qu'eux dans les domaines de l'insolite. Comment lui et Raphaëlle pourraient-ils leur apporter quoi que ce soit ou les mettre sur la bonne piste ?

Alexandre Giboise, sentant ce trouble, sortit de son mutisme.

— N'ayez pas peur, dit-il. Ce n'est pas un hasard si les furolins vous ont choisis. Ni vous, ni moi ne pouvons comprendre ce qui les a incités à le faire, mais je suis convaincu que ce n'est pas une erreur.

— Si vous le dites... murmura Raphaël, peu convaincu.

— D'ailleurs, insista le moine, vous avez bien réussi, il y a quelques mois, à démasquer le Collectionneur.

— Oui, mais c'était un coup de chance.

— Je ne pense pas, jeune homme, je ne pense pas. Ayez confiance en vous.

Raphaëlle intervint à son tour, décidée à prendre les choses en main.

— Procédons dans l'ordre, dit-elle. La priorité, c'est de repérer le Margilin. Nous devons concentrer tous nos efforts là-dessus. Puisque le chef de l'Œil est membre du… Commando 37, je propose qu'on demande à toutes ses équipes de surveiller des comportements insolites qui pourraient suggérer que quelqu'un a été récemment en contact avec le Margilin.

— Bonne idée, lança Bjorn Gorblurg. Nous allons braquer l'Œil de chacune de nos neuf commanderies dans cette direction, en demandant de signaler tout individu manifestant des dons inhabituels.

— Il faudrait aussi passer la consigne à l'ensemble des séides-enquêteurs, suggéra Tristan.

— Allons-y comme ça ! fit Raphaëlle d'une voix décidée. Maintenant, imaginons que nous réussissions à remonter la piste jusqu'au Margilin, que ferons-nous ? On lui dit « haut les mains ! » en le menaçant d'un pistolet à eau bénite ?

Alexandre Giboise eut une moue pensive.

— C'est vrai que vous êtes novices en matière de démonologie… dit-il. À l'occasion, il faudra que je vous donne quelques rudiments sur ce sujet infiniment délicat et complexe.

Il fixa Raphaëlle droit dans les yeux et ajouta :

— On ne peut pas détruire un démon… On peut le chasser, l'éloigner, parfois le renvoyer en enfer, mais il n'est pas possible de l'anéantir.

— Saint Georges a bien réussi, lui, fit observer Arthur.

Le moine balança légèrement la tête de gauche à droite en esquissant un sourire.

— Vous n'avez pas tort, dit-il, mais c'est un cas très particulier. La seule exception, en réalité. Si nous avions Ascalon, bien sûr, les choses seraient différentes.

— Ascalon ? demanda Raphaël.

— C'est le nom de la lance de saint Georges, celle qui lui a permis de terrasser le dragon. Une arme remise par un archange au saint chevalier, la seule capable de détruire un démon.

— Et où est-elle, cette lance ?

Le moine émit un petit rire.

— Si nous le savions… Ascalon est un peu comme le saint Graal. Depuis près de deux mille ans, nombreux sont les séides qui sont partis à sa recherche. En vain. Il est plus que probable qu'elle ait été détruite du vivant de saint Georges.

— Pas fastoche, la mission, lança Arthur. On doit choper un démon que personne n'a réussi à repérer depuis dix mille ans et la seule arme qui permettrait de le dégommer a été bousillée il y a vingt siècles…

Raphaël soupira. Au fond, Arthur avait parfaitement résumé la situation.

Tristan remarqua que le bibliothécaire luttait contre le sommeil. Il regarda sa montre et dit :

— Il est tard et la journée a été éprouvante pour tout le monde. Je propose que nous prenions quelques heures de repos. Si les deux chefs du Commando 37 sont d'accord, je propose que nous levions la séance.

— Excellente idée, l'approuva Giboise. La nuit porte conseil, alors allons tous tenir colloque avec notre traversin !

— Avec plaisir, acquiesça Raphaël. Je n'ai plus les idées très claires. Et il me faudrait des allumettes pour garder les paupières ouvertes.

Une demi-heure plus tard, les huit membres du Commando 37 étaient couchés dans les lits qui avaient été préparés à leur intention. Ils tombèrent l'un après l'autre dans les bras de Morphée, à l'exception de Sparadrap, qui attendit que son maître s'endorme pour lancer une exploration du côté des poubelles de l'hôtellerie.

Raphaëlle s'endormit vite, mais d'un sommeil troublé. Elle était seule, perdue dans une forêt, par une nuit sans lune. Soudain, les arbres se transformèrent en démons grimaçants, brandissant des fourches et crachant des flammes. En fouillant ses poches, elle ne trouva qu'un couteau suisse pour se défendre.

Les démons s'approchèrent en ricanant. Elle voulut hurler « maman ! » mais aucun son ne sortit de sa bouche. Puis une grande lumière apparut dans le ciel. Un papillon blanc. Il grandit, grandit et…

— Raphaëlle… appela une voix.

Une main la saisit, la secoua.

— Raphaëlle, insista la voix.

Cette fois, elle se réveilla.

Son frère était penché au-dessus de son lit, les yeux pétillants.

— Je crois que j'ai trouvé, dit Raphaël. Je sais ce que nous devons faire…

Chapitre 9
Opération Ascalon

J-14

Il était huit heures, ce mardi matin, quand Numéro 7 arriva dans le bureau d'enquête. Tous les membres du Commando 37 étaient déjà là, assis ou en train de se servir une tasse de café. Anatole Carambole, aidé par la jeune Cybille, avait eu l'excellente idée d'installer un buffet de petit déjeuner sur une table de desserte.

— Il paraît que vous avez quelque chose d'important à me dire, commença le chancelier en attrapant un croissant au passage.

C'est seulement en s'asseyant qu'il remarqua la présence des professeurs Quémeneur et Rochecourt, ainsi que celle de l'alchimiste John Trippletoe.

— Je vois que votre groupe s'est déjà agrandi, reprit-il. Alors, racontez-moi tout.

Les regards convergèrent vers Raphaël, qui n'avait encore rien voulu révéler. Seule sa sœur était au courant.

Le stromillon prit la parole :

— Je propose que nous vous résumions les conclusions auxquelles nous sommes arrivés hier soir.

Dans un jeu de rôles convenu à l'avance, Raphaëlle prit le relais de son frère.

— Si nous voulons éviter la catastrophe annoncée par la prophétie, il faut concentrer nos efforts sur le Margilin, déclara-t-elle. Donc notre plan d'action est simple : il faut d'une part le repérer, d'autre part s'en débarrasser...

Elle s'interrompit pour guetter la réaction de Numéro 7, craignant une remarque sarcastique du style « si c'est tout ce que vous avez à me dire, ce n'était pas la peine de me déranger ».

Il n'en fut rien. Le chancelier l'écoutait avec une attention soutenue et on ne lisait pas une ombre d'impatience ni de moquerie dans son regard.

— Poursuivez, se contenta-t-il de dire.

— Repérer le Margilin ne sera pas simple. Mais le Commando 37 (c'est le nom de notre groupe) a eu l'idée de concentrer tous les moyens humains et technologiques de l'Organisation pour essayer de le pister. La consigne va être donnée aux Yeux et à tous les séides-enquêteurs, aux quatre coins du monde. Peut-être pouvez-vous nous en dire un mot, Bjorn ?

— Le message a déjà été passé, répondit le chef de l'Œil. Toutes les informations seront centralisées dans cette commanderie et nous pourrons les consulter en temps réel ici même, sur l'ordinateur Soleil.

Raphaëlle hocha la tête, l'air satisfait.

— Bien sûr, rien ne garantit que nous réussirons à retrouver le Margilin, reprit-elle, mais nous sommes obligés de partir de l'hypothèse que c'est possible. Cela signifie donc que nous devons dès maintenant préparer la deuxième partie de notre plan. Mon frère va vous exposer l'idée qu'il a eue à ce sujet.

Raphaël se racla la gorge pour s'éclaircir la voix et promena son regard sur l'assistance avant de commencer à parler.

— Je vous préviens, mon plan va peut-être vous paraître complètement idiot, annonça-t-il. Voici quel a été mon raisonnement. Hier, Alexandre Giboise nous a révélé que le seul à jamais avoir réussi à tuer un démon était saint Georges lui-même, grâce à Ascalon, une lance qui lui a été remise par un archange. Le problème, c'est qu'Ascalon a été perdue il y a très longtemps. Mon idée, c'est tout bêtement d'aller la chercher là où sommes sûrs de la trouver. Autrement dit, de remonter le temps jusqu'au moment du combat de saint Georges contre le dragon… Grâce aux récentes découvertes sur les portails d'outre-temps, je me suis dit que c'était peut-être possible. C'est pour cela que nous avons proposé à John Trippletoe de rejoindre notre groupe.

Un long silence suivit l'intervention de Raphaël. L'alchimiste semblait perplexe. Finalement, c'est Arthur qui s'exprima.

— Arrête-moi si j'ai mal capté, dit-il, mais j'avais cru comprendre que les portails d'outre-temps permettent de se balader dans le passé ou le futur, mais amènent à un moment précis, genre cent cinquante-trois ans avant ou après l'année de départ. Ce serait chouette qu'il existe un portail qui conduise comme par hasard exactement au mois et au jour où saint Georges a trucidé le démon, mais à mon avis, on a une chance sur un milliard que ça marche. T'as plus de chance de gagner au loto.

Un sourire éclaira le visage de Raphaël.

— J'ai raisonné exactement comme toi, au début, fit-il. Et puis j'ai repensé à ce que m'a dit John Trippletoe, l'autre jour. Il m'a dit que grâce à la constante d'Akmolek, il avait réussi à faire une cartographie complète des portails.

— Et alors ? lança Arthur.

— Quand tu prends le métro pour aller de la Porte de la Chapelle au Louvre, comment fais-tu ? demanda Raphaël.

Son ami haussa les épaules.

— J'en sais rien, moi, je prends jamais cette ligne.

— Soleil, intervint Anatole Carambole, pourriez-vous afficher le plan du métro parisien.

L'ordinateur obéit.

— Alors, comment fais-tu ? insista Raphaël.

— Ben, je change à Concorde, répondit Arthur. Mais je ne vois pas le rapport.

Raphaël adressa un clin d'œil à sa sœur qui, la nuit précédente, lui avait fait exactement la même réponse.

— Tu prends donc une correspondance, reprit-il. Et bien, c'est justement ça mon idée. Je ne sais pas en quelle année a eu lieu le combat de saint Georges, mais je parie qu'en combinant deux ou trois portails, ou peut-être plus, on peut remonter dans le temps pour arriver à n'importe quel moment du passé. Un peu comme si chaque portail d'outre-temps était une station sur une ligne de métro temporel : en utilisant les correspondances, on peut arriver où on veut. Ou plutôt *quand* on veut.

Le stromillon se tourna vers John Trippletoe, impatient et inquiet de connaître sa réaction.

L'alchimiste ne répondit pas tout de suite. Il se versa tranquillement une tasse de café, jusqu'à ras bord. Puis il ajouta un sucre, prit une petite cuiller et remua doucement son breuvage. Enfin, il pencha la tête et sembla murmurer quelque chose à son épaule. Sa cape noire disparut, remplacée par un minuscule komolk, dont les petites mains étaient agrippées à sa poche de chemise.

— Il est trop mignon ! s'exclama Raphaëlle, attendrie.

Sparadrap se leva du trône qu'il s'était confectionné avec des livres et, intrigué, s'approcha de son aîné qui ressemblait à un nouveau-né et avait à peine la taille d'un souriceau. Arrivé devant lui, Sparadrap posa ses mains sur la table, fit le poirier et frappa à trois reprises ses pattes palmées l'une contre l'autre.

— Rituel de salutation komolk, expliqua le professeur Rochecourt. C'est ainsi que les plus jeunes marquent leur respect aux anciens.

Trippletoe saisit délicatement la petite créature, qui se réfugia à l'abri de ses mains, toute tremblante.

— Akmolek, tu as entendu ce qu'a dit Raphaël ? dit tendrement l'alchimiste. Qu'en penses-tu ?

Le petit komolk le fixa avec son œil humide en suçotant son pouce. Il fit un rot avant de répondre d'une voix traînante et éraillée :

— Il faut fairrre des calculs, Mickey. En quelle année faudrrrait-il aller ?

— En l'an 301 de notre ère, répondit Alexandre Giboise. Mais nous ignorons le jour exact.

Akmolek enfouit sa tête dans ses menottes, comme s'il voulait se cacher.

— Il est en train de calculer, expliqua John Trippletoe. Akmolek a un cerveau étonnant : il a mémorisé la cartographie complète des portails que nous avons réussi à inventorier. En tout, nous avons identifié quatre-vingt-dix-sept systèmes de portails, un système étant un ensemble de quatre portails permettant d'effectuer un voyage dans le passé ou le futur et de revenir au point de départ, dans le présent. Nous les avons numérotés, un peu comme des lignes de métro, d'ailleurs...

Puis, se tournant vers Raphaëlle :

— Et la ligne n° 1, c'est le système que vous avez emprunté lors de votre petit voyage en Égypte, mademoiselle.

Après quelques secondes d'attente, Akmolek releva la tête.

— Il y a quinze itinérrrairrres qui perrrmettent facilement d'aller en l'an 301, dit-il. Je rrrecommande le chemin le plus dirrrect : d'aborrrd le système n° 24 pourrr aller en l'an 1485, puis effectuer un changement en prrrenant le système n° 69 qui conduit en l'an 897 et enfin prrrendrrre le système n° 12.

Trippletoe gratifia son komolk d'une petite tape amicale.

— Tu as bien travaillé, murmura-t-il fièrement, sortant de sa poche un trombone que la créature déplia pour en grignoter goulûment l'extrémité, tel un enfant dégustant un rouleau de réglisse.

Tristan prit la parole.

— Je te félicite pour cette brillante idée, lança-t-il en s'adressant à son filleul. Ça mériterait même quelques PPDS. Mais il y a deux failles dans le raisonnement. La première faille est temporelle : Alexandre Giboise nous a dit tout à l'heure que le combat de saint Georges a eu lieu en 301, mais on ignore le jour exact. Pour que ça marche, il faudrait tomber pile juste avant le jour voulu. Si nous arrivons trop tard, c'est fichu ; et si nous arrivons trop tôt aussi.

— Vos remarques sont très pertinentes, releva Trippletoe. Et vous avez raison de rappeler que même si les portails permettent de jouer avec le temps, celui-ci continue à s'écouler pendant toute la durée du voyage.

— Pige pas… lança Arthur.

— C'est pourtant simple, reprit l'alchimiste. Reprenons l'exemple de l'expédition en Égypte que certains d'entre vous ont effectuée l'an dernier : le voyage dans le temps a duré plus d'un mois, si ma mémoire est bonne, et quand ils ont enfin réussi à franchir le portail de retour, ils sont revenus au présent, mais avec un décalage d'un mois. Vous me suivez ?

— Mmmmh, vaguement, oui.

— Donc Tristan a raison : la prophétie ne nous laisse que quatorze jours, ce qui veut dire que si nous lancions une expédition pour trouver Ascalon, il faudrait impérativement trouver un moyen d'arriver un, deux ou trois jours avant, six au maximum, parce qu'il faut aussi prendre en compte le temps du voyage de retour…

— Flûte, je n'y avais pas pensé, murmura Raphaël à l'oreille de sa sœur.

— Mais vous avez de la chance, poursuivit Trippletoe. N'est-ce pas, Akmolek ?

Le komolk eut un sourire complice.

— En effet, il y a le système n° 95, l'un des derniers que nous avons inventoriés. C'est un système composé de quatre portails distants de seulement quelques centimètres. Le système n° 95 a le grand avantage de faire voyager dans le temps sur un intervalle très court : deux jours et trente-trois minutes seulement. Une fois arrivés en l'an 301, vous devrez enquêter pour savoir quand s'est déroulé le combat de saint Georges. Vous pourrez ensuite utiliser le système n° 95 autant de fois que nécessaire pour tomber exactement au moment voulu.

Les jumeaux poussèrent un soupir de soulagement.

Mais Tristan enchaîna aussitôt.

— Vous avez effectivement répondu à ma première remarque, dit-il. Reste la deuxième…

Et, se tournant vers Raphaël :

— Ta comparaison entre les lignes de métro et les systèmes de portails est très sympa, mais il y a quand même une différence de taille entre les deux. Revenons à ton exemple de tout à l'heure : si je prends le métro pour aller de la Porte de la Chapelle au Louvre, je descends à la station Concorde… mais je reprends une autre rame à la *même* station. Avec les portails d'outre-temps, ça ne fonctionne pas pareil. Ils sont disséminés un peu partout dans le monde, et il faudra du temps pour aller de l'un à l'autre. Au Moyen Âge, nous risquons d'avoir un peu de mal à trouver des avions ou des taxis pour nous conduire au portail suivant. Avec ta sœur, nous avons vécu ça en Égypte, quand il a fallu aller du portail B au portail C : nos jambes s'en souviennent encore, parce que ça nous a valu plusieurs semaines de marche dans le désert. Et je vous rappelle que nous sommes à J-14 avant l'accomplissement de la prophétie.

Raphaël adressa un clin d'œil à sa sœur.

— Exactement ce que m'a dit Raphaëlle cette nuit, répliqua-t-il. Mais nous avons réfléchi et nous avons fini par trouver la solution. Enfin… *elle* l'a trouvée.

Le stromillon se tourna vers sa sœur qui enchaîna :

— C'est vrai que les avions sont assez rares au Moyen Âge, dit-elle. Mais qu'est-ce qui nous empêche d'emporter avec nous un moyen de transport ? Nous avons invité les professeurs Rochecourt et Quémeneur parce que justement, hier, ils nous ont présenté un engin volant ultraléger, rapide, discret qu'ils ont baptisé *aérostrom*. Alors, nous nous sommes dit qu'il nous permettrait de voyager rapidement d'un portail à l'autre.

Un sourire radieux éclaira les visages des deux chercheurs.

— Ce n'est encore qu'un prototype, dit le professeur Rochecourt en se rengorgeant. Mais il est vrai que le premier essai a été plus que concluant…

En quelques mots, lui et Constance Quémeneur décrivirent leur invention et relatèrent l'épisode de la veille, quand Arthur avait expérimenté l'engin.

— Nous nous apprêtions justement à présenter le projet lors du prochain collège des Chanceliers consacré aux programmes de recherche, conclut Rochecourt. Mais je pense que cette jeune stromillonne a scientifiquement raison : l'aérostrom ne pèse que 450 grammes et c'est le moyen de transport parfait pour aller d'un portail à l'autre.

Numéro 7 se tourna vers Alexandre Giboise, comme pour recueillir sa réaction.

— « Ce que tu as caché aux sages et aux savants, tu l'as révélé aux tout-petits », dit sentencieusement le moine, citant les Évangiles.

Le chancelier sonda ensuite le reste de l'équipe.

— En ce qui me concerne, affirma Tristan, j'ai fait part de toutes mes remarques, et les réponses qui ont été données me satisfont.

— Ça me semble jouable, lâcha l'alchimiste. Très audacieux et très risqué, mais jouable.

Anatole Carambole approuva d'un vigoureux signe de tête.

Après un temps de réflexion, Numéro 7 sortit enfin de son mutisme.

— Je vous avouerai que cette idée ne me serait jamais venue à l'esprit, dit-il. J'ignore si les chances de succès existent, mais étant donné notre situation, nous devons tout tenter. Dans ces conditions, je donne mon feu vert à l'opération Ascalon.

Après de longues discussions techniques, il fut décidé que l'expédition partirait sans délai : dès le lendemain, avant l'aube. Quatre membres du Commando 37 en feraient partie : les jumeaux, Tristan... et Sparadrap qui argua du fait qu'il ne prenait pas de place et qu'il devait absolument être là pour surveiller Raphaël.

Arthur fut très déçu de ne pas être du voyage, mais un argument matériel s'y opposait, le professeur Rochecourt ayant fait observer que les délais ne lui permettaient pas de façonner plus de deux aérostroms qui viendraient s'ajouter au prototype déjà existant, étant entendu que Sparadrap pourrait voyager avec son maître.

Bjorn Gorblurg, Anatole Carambole et Arthur furent chargés, en l'absence des jumeaux, de coordonner les recherches destinées à repérer le Margilin au moyen du dispositif de surveillance mis en place à l'échelle planétaire.

John Trippletoe et Akmolek se retirèrent pour préparer l'itinéraire spatio-temporel, qui devait être précis et détaillé.

Quand tous les rôles furent répartis, le groupe s'éparpilla, chacun s'attelant à la tâche qui lui avait été assignée.

Les jumeaux passèrent le reste de la matinée avec Alexandre Giboise, qui leur enseigna quelques rudiments de démonologie.

Pendant ce temps, Tristan fit un tour au Bureau des Opérations Spéciales pour rassembler le matériel nécessaire à l'expédition.

Après un déjeuner frugal, il retrouva ses filleuls dans le laboratoire de chimie élémentale. Ils passèrent une grande partie de l'après-midi à s'entraîner au pilotage des aérostroms, sous le contrôle attentif des professeurs Rochecourt et Quémeneur, qui en profitèrent pour effectuer toutes sortes de tests et de mesures.

À dix-neuf heures, les jumeaux se retirèrent dans l'hôtellerie. Ils se firent livrer une pizza dans la salle de cinéma où, en compagnie d'Arthur, ils visionnèrent un vieux péplum, *Quo Vadis*, histoire de se détendre et de se préparer mentalement à leur voyage dans l'Antiquité.

Ils se couchèrent aussitôt après, leurs réveils programmés pour sonner à trois heures du matin.

Raphaël s'apprêtait à s'endormir, Sparadrap à ses côtés, quand on frappa doucement à la porte de sa chambre.

— Entrez !

La frêle silhouette de Cybille apparut sur le seuil. La fillette fit quelques pas et se planta au bout du lit du stromillon. Elle se tordait les mains, l'air embarrassé. Elle resta un long moment silencieuse, comme si elle cherchait ses mots.

— Tu te souviens, l'autre jour… se lança-t-elle enfin, j'ai vu votre tête qui brûlait ?

— Quand tu as fait tomber le plateau, oui, je m'en souviens.

— C'était… une flamme bleue, ajouta Cybille. On m'a dit que juste après ça… s'est passé comme ça. Je n'ai pas tout compris… mais il y avait une histoire de prophétie.

Raphaël se gratta la tête, l'air songeur. Effectivement, il n'avait pas pensé à faire le lien entre les deux événements.

— Et alors ? dit-il.

— J'ai eu une autre vision, tout à l'heure. Tu étais sur un lit blanc.

— Un lit blanc ?

— Je vois… des choses qui vont arriver, reprit-elle. Souvent. Tu ne dois pas partir demain…

Elle déglutit avec difficulté et fixa Raphaël droit dans les yeux avant d'achever :

— Sinon, tu vas mourir…

Chapitre 10
Onze siècles en quinze heures

J-13

— **A**tterrissage dans deux minutes ! annonça le pilote.

Confortablement installés dans la cabine centrale de l'hélicoptère, Tristan et les jumeaux jetèrent un œil à travers le hublot. L'appareil (un modèle furtif à doubles rotors de sustentation, doté d'un système qui le rendait indétectable) volait à basse altitude au-dessus d'une chaîne de montagne enneigée, épousant les reliefs du terrain. Les lueurs de l'aube éclaircissaient le ciel totalement dégagé et, déjà, le soleil levant nimbait les hauts sommets d'un rose tendre.

— Je suis dégoûté que vous m'abandonniez comme une vieille chaussette ! lâcha Arthur, l'air maussade.

Raphaëlle se retourna vers son ami.

— Ta mission est aussi importante que la nôtre, dit-elle.

— Ouais c'est ça, vous allez vous balader dans le temps, rencontrer saint Georges, assister à son combat contre le dragon pendant que moi, je vais passer des heures à bâiller d'ennui, les yeux vissés sur un ordinateur.

Tristan lui asséna une grande tape dans le dos.

— C'est la vie, mon grand ! Et, crois-moi, tu auras d'autres occasions de risquer ta peau.

Puis, se tournant vers les jumeaux :

— Allez, sac au dos !

Les trois membres de l'expédition enfilèrent les lanières d'une besace aux allures de grosse bourse, conçue pour passer inaperçue quelle que soit l'époque qu'ils traverseraient. Pour les mêmes raisons, ils portaient une tenue intemporelle et passe-partout, constituée d'une tunique en lin, d'un large ceinturon (farci de gadgets) et de vieux godillots en cuir mou. Sous ces vêtements visibles, ils avaient enfilé une combinaison moulante couleur peau, faite d'un tissu climatisé maintenant la température extérieure du corps à vingt degrés, que l'on soit en plein désert ou sur la banquise.

Pour éviter tout anachronisme qui aurait pu attirer l'attention sur eux, Raphaël avait remplacé ses lunettes par des lentilles et Tristan, pour la première fois depuis des années, ne portait ni cravate ni nœud papillon.

L'hélicoptère ralentit doucement son allure jusqu'à faire du surplace au-dessus d'une ravine escarpée, à hauteur d'une immense cascade qui s'épanchait depuis les sommets jusqu'au fond de la vallée.

À l'intérieur de ceinturon, les experts du Bureau des Opérations Spéciales avaient enchâssé un ordinateur miniaturisé, baptisé *spatiotempomètre*, que l'on pouvait interroger en faisant pivoter la boucle métallique. Tristan consulta le sien. Pendant quelques secondes, ses doigts tripotèrent l'écran, puis son visage s'éclaira :

— C'est bien là, dit-il. Le portail est à mi-hauteur. Vous êtes bien sûrs de pouvoir léviter jusque-là ?

En guise de réponse, Raphaël s'éleva d'un bon mètre et fit un double salto arrière.

— Pas de souci pour moi non plus, lança Raphaëlle. J'ai gagné plein de PPDS grâce à la lévitation.

— Alors, allons-y, fit Tristan en ouvrant la porte latérale de l'hélicoptère. Couvrez-vous, il fait moins dix.

Il rabattit la capuche de sa combinaison et s'élança dans le vide.

Raphaël se tourna vers Arthur en haussant les épaules avec une moue d'impuissance.

— Désolé, j'aurais adoré que tu viennes aussi.

— Je vous déteste, rétorqua le garçon, faussement bougon.

— Ah, une dernière chose, reprit Raphaël. Si tu as un moment, ce serait sympa que tu prennes des nouvelles d'Aymeric. Et si tu pouvais aussi enquêter un peu sur son histoire de montre, tu serais un chou.

— Pas de problème. Je nourrirai aussi les poissons rouges et j'irai vider les poubelles. Allez, file, sinon Pharaon va s'énerver.

Raphaël rabattit sa capuche, attrapa Sparadrap qui trépignait sur la table, craignant que son maître ne l'oublie, et prit son envol.

Il ne restait plus que Raphaëlle.

— Et toi, ronchonna Arthur, c'est quoi, ta liste de commissions ?

La stromillonne lui tendit son téléphone portable.

— Si Suzanne appelle, pas de gaffe : je lui ai dit que j'étais couverte d'abominables pustules et que c'était contagieux. Ça devrait la tenir à distance jusqu'à notre retour.

Raphaëlle releva une mèche mutine qui tombait sur ses yeux couleur noisette, dans lesquels se refléta un rayon du soleil levant. Elle se haussa sur la pointe des pieds et, furtivement, embrassa Arthur sur la joue avant de bondir précipitamment hors de l'hélicoptère. Elle n'eut pas besoin de mettre sa capuche, car ses joues étaient en feu.

Tristan avait déjà atteint la falaise, à gauche de la cascade. Les jumeaux ne tardèrent pas à le rejoindre, flottant une bonne centaine de mètres au-dessus du fond de la gorge. Ensemble, ils longèrent l'à-pic rocheux en remontant le cours de la puissante chute d'eau.

Une vingtaine de mètres plus haut, ils repérèrent enfin ce qu'ils cherchaient : une anfractuosité cachée derrière la vrombissante cascade. Les bras le long du corps, ils s'infiltrèrent l'un après l'autre dans l'étroit passage qui séparait les deux murs, l'un d'eau, l'autre de granit. La cavité dans laquelle ils se posèrent était peu profonde. On remarquait, sur le seuil de l'ouverture béante, des restes de vieilles inscriptions à présent très érodées.

Tristan fit trois pas à l'intérieur de l'obscure alcôve et disparut. Sans hésiter une seconde, les jumeaux franchirent le portail à sa suite.

Le changement de décor et de climat fut saisissant. Ils se trouvaient à présent au cœur d'une épaisse forêt tropicale, entourés d'une végétation luxuriante et d'arbres qui s'élevaient jusqu'à des hauteurs vertigineuses. La température avait bondi de plus de quarante degrés et l'atmosphère était humide et étouffante. Les jumeaux jetèrent un regard étonné tout autour d'eux. Sparadrap sortit la tête de la besace de son maître pour faire de même. Derrière eux se dressait un énorme rocher aux allures de champignon géant. Sur son pied, ils devinèrent plus qu'ils ne virent le contour de porte en forme de cercueil délimitant le portail par lequel ils venaient d'arriver.

— Bienvenue en l'an 1485, lança Tristan.

Puis, après avoir jeté un coup d'œil sur son spatio-tempomètre :

— 27 juillet 1485, précisa-t-il en enlevant sa capuche. Il est quinze heures trente-deux et nous sommes en Afrique centrale, quelque part dans la jungle au nord du Congo.

Il farfouilla dans sa besace, d'où il sortit la boulette de mémométal qu'il laissa tomber devant lui. Sans plus attendre, il actionna le petit boîtier noir et, un instant plus tard, son aérostrom était prêt à décoller.

Il écrasa nerveusement un moustique qui venait de le piquer au front avant de réaliser que ses filleuls continuaient à observer béatement le paysage.

— Dépêchez-vous ! leur lança-t-il. On a un long voyage. En plus, le coin doit grouiller de bêtes féroces.

Comme pour lui donner raison, un grondement inquiétant fusa, quelque part, pas très loin d'eux. S'ensuivit une salve de bruits difficiles à identifier : étaient-ce des oiseaux, des singes ou autre chose ? Les jumeaux n'avaient pas très envie d'attendre pour le vérifier.

Une minute plus tard, trois ogives argentées crevaient la frondaison des arbres. Elles s'élevèrent au-dessus des moutonnements de la verte canopée et s'immobilisèrent à une centaine de mètres d'altitude.

— Vous n'avez qu'à me suivre en gardant toujours une distance de sécurité de vingt mètres pour éviter les collisions, cria Tristan d'une voix suffisamment forte pour être entendu par ses filleuls. Restez en permanence concentrés sur ce que vous faites et n'oubliez pas que si vous déconnectez votre moteur mental, vous tombez en vrille. Nous ne dépasserons pas les mille kilomètres par heure, comme l'a recommandé Rochecourt. Pause dans trois heures. Bon vol !

Et les aérostroms, en formation serrée, s'élancèrent dans le ciel d'azur en direction du nord-ouest.

Loin du voyage d'agrément espéré, ce fut une expérience nerveusement très éprouvante. Pas moyen d'admirer le paysage survolé, pourtant magnifique. Minute après minute, heure après heure, l'attention des pilotes devait se focaliser sur le cap, la vitesse ou la distance de sécurité et, à la longue, c'était épuisant. Plusieurs fois, il arriva que l'un ou l'autre ait un moment de distraction : aussitôt, l'aérostrom ralentissait, infléchissait sa course, perdant dangereusement de l'altitude.

Ils traversèrent pourtant sans encombre une grande partie de l'Ouest africain, prenant de l'altitude à chaque fois qu'ils approchaient de zones peuplées (l'écran caché dans la ceinture de Tristan permettait de les repérer). Et ce n'est qu'une fois la Méditerranée atteinte qu'ils s'accordèrent enfin une pause, se posant sur la plage, à quelques mètres de la mer. Une pause assez brève, mais accueillie par tous comme un soulagement. Ils se trempèrent les pieds dans l'eau à l'exception de Sparadrap qui, lui, se baigna complètement, transformé en crabe, avalèrent quelques fruits secs et grignotèrent une barre énergétique. Le komolk eut même droit à une fermeture Éclair exhumée du fond du paquetage de Raphaël.

Puis le voyage reprit.

Ils survolèrent la Méditerranée légèrement à l'est du détroit de Gibraltar, de sorte que la traversée fut rapide. À très haute altitude, ils effleurèrent ensuite la côte andalouse, puis le sud du Portugal.

Le soleil était proche de la ligne d'horizon quand ils atteignirent enfin leur objectif. Une clairière au cœur d'une forêt déserte fit office de piste d'atterrissage. Ce lieu avait été choisi pour leur éviter tout risque d'être repérés. De là, ils n'étaient qu'à quelques kilomètres au nord de Lisbonne.

— Ça vous dirait, un bon dîner dans une auberge ? proposa Tristan une fois que les aérostroms, redevenus de simples boulettes de mémométal, furent rangés dans les besaces.

— Et comment ! s'exclama Raphaël. Je suis vidé et j'ai l'estomac au bout des orteils.

— On a le temps ? s'enquit Raphaëlle.

— Largement, répondit Tristan. Le prochain portail est à côté de Lisbonne et il est intermittent : on ne peut le franchir qu'entre une et deux heures du matin, ce qui nous laisse près de cinq heures.

Il leur fallut un quart d'heure pour traverser la forêt et encore une bonne demi-heure pour arriver en vue des remparts de Lisbonne. La nuit était tombée et d'innombrables étoiles brillaient comme des diamants dans le ciel noir. Les portes de la « ville des sept collines », gardées par quelques soldats en armes, étaient éclairées par des flambeaux.

— Si on nous demande qui nous sommes, que devons-nous répondre ? demanda Raphaëlle.

— Une famille française en voyage, répondit Tristan. Mais de toute façon, vous n'êtes pas censés parler portugais.

— Nous avons nos babels, s'étonna Raphaël.

— Parlez le moins possible, ça évitera les gaffes. Attention aussi à ce que nous disons entre nous : beaucoup de gens comprennent le français, même ici. Et n'oubliez pas que nous sommes en 1485, donc pas d'anachronisme.

— Au fait, c'est qui, déjà, le roi de France ?

— Charles VIII. Il a quinze ans et a succédé à son père, Louis XI, l'année dernière.

Lorsqu'ils arrivèrent au mur d'enceinte, un soldat leur posa quelques questions de routine, les observa, l'air un peu étonné, avant de les laisser finalement entrer.

La ville médiévale formait un véritable labyrinthe de ruelles étroites et sinueuses, de venelles en pente et, bien souvent, d'impasses qui obligeaient à revenir sur ses pas. Il était presque impossible de ne pas se perdre. Rapidement désorientés, les voyageurs du temps décidèrent d'opter, à chaque croisement, pour l'artère la moins sombre. Après quelques errements, ils finirent par tomber sur une rue chaleureuse et passante, éclairée çà et là de chandelles ardentes. Ils s'y engouffrèrent.

En croisant le regard d'une petite fille assise en tailleur au seuil d'une vieille maison, Raphaël repensa à Cybille et à ce qu'elle lui avait révélé juste avant son départ. Il s'était bien gardé d'en parler à Tristan et Raphaëlle pour ne pas les inquiéter mais, au fond, ce funeste présage le turlupinait.

— À propos, demanda-t-il en affectant un air dégagé, depuis Nostradamus, d'autres personnes ont eu le don de prophétie ?

— Aucune possédant la même clairvoyance, répondit Tristan. Mais nous avons quand même connu quelques cas. D'ailleurs, c'est amusant que tu me demandes ça, parce que nous en parlions justement avec Numéro 7, l'autre jour : d'après lui, votre petite protégée, Cybille, pourrait bien avoir ce don.

Raphaël eut l'impression de recevoir un coup direct en plein dans l'estomac.

— Tu veux dire que…

— Ah, voilà qui fera notre affaire ! l'interrompit Tristan en tendant soudain le bras vers une enseigne en fer forgé représentant un poulet rôti. Taverne Alfama.

Un délicieux fumet de viande grillée leur chatouilla presque aussitôt les narines, et Raphaël jugea qu'il était préférable de reporter à plus tard la conversation au sujet de Cybille.

— J'ai une question bête, lâcha Raphaëlle. Comment va-t-on payer le dîner ? Ça m'étonnerait qu'ils acceptent les cartes bancaires…

— Le Bureau des Opérations Spéciales a tout prévu, répondit Tristan en assénant une petite tape sur sa besace. J'ai de l'argent portugais : écus, cruzados et reals puisés dans le trésor de l'Organisation. Vous avez carte blanche : il y a assez d'or pour acheter tout le restaurant.

Ils entrèrent dans une salle basse écrasée sous des voûtes enfumées, soutenues par de frêles colonnes de pierre. Dans une immense cheminée crépitait un feu généreux dont les flammes venaient caresser un cochon en broche. Les tables étaient toutes occupées par une clientèle composée essentiellement de marins permissionnaires. Le vin coulait à flots et l'endroit résonnait de conversations bruyantes, de rires gras et de chansons paillardes.

Le tenancier, un homme courtaud portant un tablier de cuir couvert de graisse, commença par expliquer froidement qu'il n'y avait plus de place. Mais quand Tristan lui glissa deux écus d'or dans la main, la magie opéra et trois places se libérèrent instantanément à la grande table centrale.

— Tu sais t'y prendre, toi, lâcha Raphaëlle, un peu gênée lorsqu'elle remarqua l'air furieux des matelots délogés.

— C'est en forgeant qu'on devient forgeron, répondit son parrain qui prit sans scrupule l'une des places désormais vacantes.

Pour se venger, l'un des trois expulsés, la chemise débraillée, tira une longue bouffée de fumée de sa pipe et la cracha au visage de Raphaëlle. Elle s'assit en éternuant et, aussitôt, le client juste à sa droite lui tendit un mouchoir brodé.

— Merci, fit la stromillonne, touchée par cette délicate attention.

Elle éternua encore, se moucha à plusieurs reprises avant d'ajouter à l'attention de Tristan :

— Et c'est en se mouchant qu'on devient moucheron.

— Ouais et c'est en sciant que Léonard devint scie, surenchérit son frère.

Les plaisanteries des jumeaux firent sourire leur voisin de table qui, visiblement, comprenait le français. Raphaëlle hésitait à lui rendre son mouchoir mais, d'un geste de la main, il lui indiqua qu'elle pouvait le garder. Elle le remercia d'un sourire gracieux. L'homme portait une longue robe de brocart ornée et une luxueuse coiffe noire bordée d'hermine était posée à côté de son assiette. Une mise aussi élégante ne manquait pas d'étonner dans un tel lieu.

Délaissant le reste de sa clientèle, le tenancier se précipita vers les nouveaux venus, l'air obséquieux, leur offrant en apéritif une assiette de charcuterie, ornée d'œufs durs et de chou-fleur.

Ils furent traités comme des princes. Et, du reste, les commandes qu'ils passèrent étaient dignes d'un banquet royal.

À la fin du repas, après un deuxième dessert, Raphaël attrapa un œuf et le posa sur la table.

— Petit test d'intelligence, dit-il à sa sœur. Tu dois faire tenir l'œuf debout sur la table. *Sans l'aide du strom, bien sûr*, ajouta-t-il mentalement.

À plusieurs reprises, Raphaëlle tenta l'expérience, essayant de le maintenir en équilibre mais, à chaque fois, l'œuf retombait inexorablement.

L'homme au mouchoir les observait à la dérobée, l'air très intéressé.

— C'est impossible ton truc, lança finalement Raphaëlle, après une dernière tentative.

— Pas du tout, c'est très facile, répondit Raphaël.

D'un coup sec, il écrasa l'extrémité de l'œuf qui, du coup, resta stable sur sa base.

— C'est complètement débile, fit Raphaëlle.

— Peut-être, mais il fallait quand même y penser.

Raphaëlle haussa les épaules. Son voisin, lui, se leva soudain, les yeux brillants.

— Mais oui, bien sûr ! dit-il d'une voix profonde en italien. Il fallait y penser !

Il prit sa coiffe, s'inclina pour saluer les jumeaux et gagna précipitamment la sortie en répétant en boucle :

— Il fallait y penser ! Oui, c'est exactement ça… Il fallait y penser !

Tristan, intrigué, héla le tavernier.

— L'homme qui sort, là, vous le connaissez ? demanda-t-il.

— Lui ? Il vient de temps en temps. C'est un illuminé. Il prétend qu'on peut rejoindre Cipango par le ponant.

— Vous connaissez son nom ?

Le tenancier eut un geste d'ignorance et s'éclipsa pour calmer deux clients saouls qui s'apprêtaient à se battre.

Tristan fronça les sourcils.

— Ce serait quand même une sacrée coïncidence, murmura-t-il. Mais ça pourrait correspondre…

— Quoi ? demanda Raphaëlle.

Plongé dans ses pensées, le séide ne répondit pas tout de suite.

— Le mouchoir ! s'exclama-t-il enfin. Raphaëlle, est-ce qu'il y a des initiales brodées dessus ?

Sans comprendre, la stromillonne regarda.

— Euh… non… Attends, si, là. On dirait deux lettres C.

Un large sourire fleurit sur le visage de Tristan.

Il jeta quelques pièces d'or sur la table et se leva. Les jumeaux firent de même, intrigués. Et c'est seulement lorsqu'ils furent dehors que Tristan apporta l'explication attendue :

— L'homme avec qui nous venons de dîner, avez-vous une idée de qui il s'agit ?

Raphaëlle allait répondre par la négative mais, soudain, elle repensa aux initiales et un éclair illumina son cerveau.

— Tu veux dire que c'est…

— Christophe Colomb, exactement ! Cipango, c'est le nom que Marco Polo avait donné au Japon et c'est ainsi qu'on le surnommait encore au xve siècle. Quant au ponant, c'est l'ouest.

— C'est énorme ! s'écria Raphaël, l'air ahuri.

— Et en croyant ouvrir une nouvelle route des Indes, poursuivit Raphaëlle, il va en fait tomber sur l'Amérique. En 1492… donc dans sept ans. J'aurais dû lui demander de signer un autographe sur son mouchoir.

— Si ma mémoire est bonne, ajouta Tristan, c'est ici même, à Lisbonne, qu'il fera escale à son retour. Et là, il doit être en train de réfléchir à son projet d'expédition et de chercher à convaincre le roi du Portugal de la financer. Le plus drôle, c'est ce qui m'a fait réaliser que c'était lui. Ton histoire d'œuf, là, tu sais qu'il va la réutiliser et que ça va devenir une anecdote très célèbre ? Dans les livres d'histoire, on la connaît sous le nom d'œuf de Christophe Colomb.

— À notre retour, il faudra corriger ça, sourit Raphaël.

— Œuf de Raphaël Chêne… grimaça Tristan, ça sonne bizarrement.

Une voix jaillit alors du sac de Raphaël :

— Je prrroposse quelque chose qui sonnerrrait mieux : œuf du gland à lunettes.

Ils partirent tous d'un grand éclat de rire.

Après une longue promenade digestive, ils arrivèrent à l'emplacement du portail suivant un peu avant une heure du matin. C'était un dolmen érigé au faîte d'une colline dominant l'estuaire du Tage.

— *La Table des géants*, dit Tristan en consultant son écran de contrôle. Surnommée aussi *Dolmen de l'amant disparu*. D'après une légende locale, qui remonte… enfin, qui naîtra au XVIIIe siècle, un berger aurait donné un rendez-vous galant à l'abri de ce dolmen. Et il aurait disparu sous les yeux de sa belle.

— Une légende qui n'en est sûrement pas une… poursuivit Raphaëlle.

— En effet. Et c'est d'ailleurs grâce à cela ou à cause de cela que l'Organisation a identifié ce portail. L'un des premiers qui ait été découvert.

Raphaël, pivotant sur lui-même, fit alors de grands signes avec ses bras, tout autour de lui.

— À quoi tu joues ? demanda Tristan.

— Je fais coucou aux séides de l'Œil, répondit le garçon.

Son parrain leva les yeux au ciel.

— Mouais, effectivement, l'œuf du gland à lunettes, c'était pas mal vu…

— Ben quoi ? s'étonna Raphaël.

— Cogne ta tête contre une cruche : si tu entends un son creux, n'en déduis pas que c'est forcément la cruche qui est creuse, dit sentencieusement le séide.

— Hein ?

— Ça t'arrive de réfléchir ? En quelle année sommes-nous ?

— Oups ! fit le stromillon en baissant aussitôt les bras avec un sourire penaud.

Au même instant, on entendit un grésillement fugitif en provenance du dolmen, semblable au bruit d'une ligne à haute tension.

— Le portail vient de s'activer, fit Tristan. Allons-y.

À peine leurs têtes furent-elles abritées par la dalle de couverture que celle-ci disparut. Et l'obscurité de la nuit laissa place au jour, aussi soudainement que si quelqu'un venait d'appuyer sur un bouton commandant la lumière céleste.

Leurs pieds foulaient une herbe tendre et ils se retrouvaient au centre d'un vaste ensemble mégalithique, haut de six ou sept mètres, qui formait un cercle presque complet. Un nombre impressionnant de piliers se dressaient tout autour d'eux, soutenant des linteaux de pierre.

— J'ai déjà vu cet endroit, murmura Raphaël en plissant les yeux.

— Stonehenge, sud de l'Angleterre, lâcha Tristan. C'est un site très connu, classé au patrimoine mondial de l'Unesco.

— Quel an est-il ? demanda Raphaël.

— 897, répondit son parrain en souriant.

— C'est quoi, la prochaine dest…

Un hurlement aigu les fit sursauter.

Ils se retournèrent brusquement et aperçurent un garçon d'une petite dizaine d'années, assis au pied de l'un des mégalithes, quelques mètres derrière eux. Une expression de pure terreur se lisait sur son visage. Il agita les bras devant lui, dans un réflexe de protection assez naïf.

— Il ferait mieux d'être à l'école, à cette heure-là, dit calmement Tristan.

L'enfant se leva en secouant la tête comme s'il implorait clémence.

— Allez, 5 PPDS si vous l'effacez avant qu'il ameute tout le voisinage, reprit le séide.

— 5 PPDS chacun ?

— OK, mais vite !

Déjà, le garçon avait pris les jambes à son cou et détalait en poussant toutes sortes de cris d'effroi.

Raphaëlle leva la paume de sa main droite, ferma les yeux et, soudain, le fuyard stoppa sa course comme s'il venait d'être pris dans une toile d'araignée invisible.

Tristan et les jumeaux marchèrent tranquillement jusqu'à lui. L'enfant poussait des gémissements à fendre l'âme. Son visage était baigné de larmes et ses yeux écarquillés roulaient dans leurs orbites.

— Le pauvre, s'attendrit Raphaëlle.

— Je l'hypnotise en quelle langue ? demanda Raphaël.

Tristan fit quelques manipulations sur son écran avant de répondre :

— Gaélique ancien. C'est une option incluse dans le bouquet du babel universel.

Quelques instants plus tard, le garçon avait séché ses larmes, oublié sa rencontre avec les voyageurs venus du futur et repartait gaiement vaquer à ses occupations.

Le portail suivant se trouvait à deux mille cinq cents kilomètres de là, au fond d'un fjord norvégien. Les aérostroms survolèrent l'Angleterre, traversèrent la mer du Nord, frôlèrent les sommets enneigés du massif de Scandinavie avant de plonger dans une vallée profonde. Ils se posèrent enfin au bord de ce qui ressemblait à un lac mais n'était en réalité que l'extrémité de l'un de ces bras de mer, nombreux dans l'ouest de la Norvège, qui se faufilent entre les glaciers jusque très loin dans les terres.

Ils avaient fait le trajet d'une seule traite, sans escale, et furent d'autant plus heureux d'arriver que le paysage était somptueux. Le bleu cobalt du ciel se reflétait dans le miroir de l'eau, emprisonnée de presque tous les côtés par un écrin de montagnes escarpées. Des forêts denses recouvraient les pentes, dans une symphonie chatoyante couvrant toutes les gammes de couleurs, du vert tendre jusqu'au rouge vif. L'air était parfumé, les caresses du vent sur les ramures flattaient l'oreille.

Les jumeaux restèrent un long moment silencieux, en extase devant ce merveilleux spectacle de la nature.

— Bienvenue au pays des trolls, dit finalement Tristan.

— Ça existe vraiment, les trolls ? demanda Raphaëlle, brusquement tirée de sa rêverie.

— Quelle question, bien sûr ! répondit son frère en pointant un doigt vers son sac. J'en ai un abominable spécimen.

Sparadrap dut deviner qu'on parlait de lui, car un grognement sortit du paquetage.

Tristan mit ses mains en visière et observa longuement le rivage, en direction de l'ouest. Puis son bras se tendit vers l'horizon.

— Vous voyez les deux rochers qui dépassent, tout là-bas, au bord de l'eau ? lança-t-il.

— Oui, fit Raphaël. On dirait des défenses d'éléphant un peu cassées.

— Le dernier portail est là, assura Tristan.

Il fit de rapides calculs avant d'ajouter :

— Nous avons déjà parcouru onze siècles et près de huit mille kilomètres en quinze heures. Vous devez être fatigués, mais je préfère que nous terminions notre voyage temporel. Nous aurons tout le temps de nous reposer après avoir franchi ce portail.

Ils se mirent en route en longeant la rive. Après quelques centaines de mètres, ils tombèrent sur un sentier de fortune qui, quoique sinueux, filait globalement dans la bonne direction.

Ils marchèrent bon train pendant une heure. Raphaël était devant, sifflotant des airs joyeux. Sa sœur s'arrêtait tous les dix mètres pour admirer un arbre, ramasser un caillou ou une fleur. Tristan, lui, avait le plus souvent les yeux braqués sur le petit écran caché dans la boucle de sa ceinture.

Bientôt, le chemin dessina une large boucle en s'éloignant du rivage et ils pénétrèrent dans une forêt. Le sentier, dominé par la haute silhouette de pins séculaires, était bordé des deux côtés par d'énormes blocs de rocher.

En trois bonds agiles, un écureuil traversa la piste avant de disparaître dans le sous-bois, aussi soudainement qu'il était apparu.

Raphaël, qui avait pris un peu d'avance, sentit soudain dans son dos plusieurs petits coups de pied.

— Prrrésence humaine ! murmura Sparadrap.

Le stromillon fit volte-face pour avertir ses compagnons.

Il vit Tristan se figer, puis tendre brusquement le bras.

— ATTENTION ! DERRIÈRE TOI ! hurla-t-il.

Raphaël se retourna, mais l'avertissement venait trop tard.

Un groupe d'hommes aux mines farouches venait de surgir de derrière les rochers, leurs arcs bandés. Le stromillon n'eut même pas le temps de les compter, car tout se passa très vite.

La première flèche traversa sa cuisse et il tomba à genoux en poussant un hurlement de douleur.

Presque aussitôt, deux nouvelles flèches l'atteignirent, l'une à l'épaule, et l'autre en plein cœur.

Sa vue se brouilla.

Un voile noir recouvrit ses yeux.

— Cybille… lâcha-t-il dans un dernier souffle.

Et il tomba face contre terre, sans vie.

Chapitre 11
La porte d'or

Ni douleur, ni fatigue, Raphaël ne ressentait plus rien.

Il était léger, plus léger qu'un courant d'air.

Irrésistiblement, il fut attiré vers le haut. Alors, il sortit de son enveloppe charnelle et s'éleva.

Au-dessous de lui, il vit son corps allongé sur le sol, mais cela ne lui causa aucune tristesse, aucune peur.

Il se sentait bien.

Des cris fusaient de toutes parts, tout près, très loin. Cela n'avait pas d'importance. Rien n'avait plus d'importance.

Il monta encore, au-dessus de la cime des arbres, flotta dans l'éther.

Le temps n'existait plus.

Les montagnes, le ciel, les forêts, tout le paysage s'estompa, puis disparut.

C'est alors qu'il vit la lumière jaune, pâle et attirante.

Une douce chaleur l'envahit, tandis qu'il dérivait vers la lueur. Et plus il s'en approchait, plus cette sensation était vive et exquise, plus il avait hâte de la rejoindre.

Progressivement, la lumière dorée prit la forme indécise d'une porte.

— Il me faut la clef.

En prononçant ces mots, Raphaël ne reconnut pas sa propre voix. Et cela le fit rire. Un rire qui résonna longtemps, se démultipliant à l'infini, comme si une foule invisible était là, autour, en train de l'observer et de rire avec lui.

À présent, la porte d'or était, là, tout près.

Nul besoin de clef. Au fond, il l'avait toujours su.

Elle s'ouvrit toute seule.

Au-delà, il y avait une forme blanche, lumineuse, éblouissante.

Mais il ne put franchir le seuil de la porte d'or.

Une force puissante le tira brutalement en arrière.

Chapitre 12
Seconde chance

Un écureuil traversa le chemin juste devant Raphaël, bondit sur un rocher avant de disparaître dans le feuillage d'un pin.

Le garçon eut soudain l'impression que quelqu'un tentait de lui arracher son sac à dos. Les sangles résistèrent, mais Sparadrap, sous la forme d'un lapin, s'échappa de la musette.

Faisant volte-face, il se crut victime d'une hallucination.

Quelques mètres derrière lui, il vit Raphaëlle, Tristan et Sparadrap glisser en arrière, comme s'ils étaient attirés dans leur dos par un aimant colossal. Et, loin derrière eux, Raphaël distingua trois autres silhouettes qui, elles, glissèrent dans le sens contraire, vers l'avant.

Il y avait deux Tristan, deux Raphaëlle et deux Sparadrap transformés en lapins, chacun convergeant vers son double.

— ATTENTION ! DERRIÈRE TOI ! hurla le premier Tristan, celui qui reculait.

Au même moment, Raphaël recevait un autre message, télépathique celui-ci, émanant également de son parrain :

— *Saute sur le côté ! Maintenant !*

Il obéit sans comprendre.

Bien lui en prit, car un trait siffla dans l'air à l'emplacement où il se tenait encore une fraction de seconde auparavant.

Sans prendre le temps d'identifier le danger, Raphaël fit un roulé-boulé pour se réfugier derrière le pin le plus proche, malheureusement peu large. Il entendit le bruit strident de plusieurs flèches ; l'une d'elles frôla ses cheveux, une seconde se ficha en vibrant sur le tronc, à quelques centimètres de sa tête, tandis qu'une troisième érafla l'arbre en lui projetant des éclats d'écorce au visage.

Puis des cris sauvages montèrent de l'endroit d'où provenaient les tirs, aussitôt suivis d'un choc sourd et violent. Enfin, on entendit le bruit mat de corps qui tombent à terre.

Et ce fut le silence.

Alors, seulement, Raphaël put reprendre son souffle.

Les battements de son cœur furent bientôt couverts par un bruit de course. On courait dans sa direction.

— Raph ! s'écria Raphaëlle en se précipitant vers son frère.

Ses yeux étaient rouges, comme si elle avait pleuré longtemps. Elle sauta sur lui et le fit tomber à la renverse.

— Eeeh, arrête ! répliqua le garçon, étonné et agacé.

Sparadrap s'approcha prestement du visage de son maître, lui tâta la joue, esquissa un sourire, puis sortit une grosse langue râpeuse pour le lécher.

— Yurk ! s'écria Raphaël en le repoussant. Dégage, pustule !

Tristan semblait lui aussi très ému. Et soulagé. Il tendit une main franche pour aider son filleul à se relever, tout en murmurant pour lui-même : « Ça a marché… »

— Vous pouvez me dire ce qui se passe ? demanda Raphaël. C'était qui, les Robin des Bois fous ? Et je ne sais pas si vous êtes au courant, mais il y a un double de vous qui se balade en ce moment dans le coin.

Le séide poussa un profond soupir, comme s'il se décontractait après une trop longue tension, puis répondit en souriant :

— On t'expliquera tout à l'heure. Nous devons filer avant que les Robin des Bois, comme tu dis, se réveillent. Ou que des renforts arrivent.

Raphaël, jetant un œil du côté de ses agresseurs, eut juste le temps d'apercevoir un énorme tronc d'arbre qui, tel un trapèze géant, se balançait encore en travers du chemin, juste au-dessus d'un amas de corps inanimés ou gémissants.

Ils quittèrent le sentier pour rejoindre le rivage en coupant à travers bois. Arrivé au bord de l'eau, Tristan fouilla dans sa besace et en sortit une minuscule bouteille à air comprimé, de la taille d'un tube de dentifrice et munie d'un embout central.

— On y va à la nage, dit-il. Sous l'eau.

Il enfila une lampe frontale, mit l'embout dans sa bouche et plongea sans préavis. Les jumeaux s'équipèrent à la hâte et s'élancèrent à sa suite, nageant un mètre au-dessous de la surface, bientôt dépassés par Sparadrap, transformé en une magnifique méduse phosphorescente.

Il leur fallut cinq bonnes minutes pour atteindre les deux rochers en forme de défenses d'éléphant, dont les fondements plongeaient jusqu'à perte de vue dans les profondeurs de l'eau.

Tristan abaissa le pouce pour indiquer qu'ils devaient descendre. En quelques brasses vigoureuses, ils s'enfoncèrent de plusieurs mètres. À l'endroit où les pitons rocheux se rejoignaient, les lampes éclairèrent un orifice circulaire qui formait comme une trouée vers le rivage.

Tristan s'y engouffra le premier.

Le passage était trop étroit pour nager normalement et il fallait battre des pieds ou s'aider des mains pour avancer, dans une pénible reptation sous-marine. Après une dizaine de mètres, le boyau finit heureusement par s'élargir, puis remonta, s'évasa encore et déboucha enfin à l'air libre. L'un après l'autre, les trois nageurs émergèrent dans une sorte de piscine naturelle, au beau milieu d'une caverne souterraine.

Raphaël fut le dernier à sortir de l'eau, coiffé d'une grosse méduse.

— Faut savoir se mouiller dans la vie, dit Tristan, déjà occupé à inspecter les lieux.

La grotte abritait un stupéfiant florilège minéral qui, patiemment sculpté par la nature, s'était épanoui dans le plus grand secret. Où qu'ils se posent, les faisceaux de lumière révélaient des splendeurs : des draperies de stalactites décoraient le plafond, des concrétions aux formes capricieuses ornaient les murs ou jaillissaient du sol, telle une flore pétrifiée et merveilleusement belle.

Mais ce spectacle ne semblait pas intéresser Tristan. Déchirant les ténèbres avec sa lampe frontale, il était occupé à rechercher une issue.

Après quelques déambulations, il repéra enfin le portail, encadré par deux immenses colonnes stalagmitiques.

— Nous y sommes, dit-il. Allez, un petit pas pour l'homme et un grand pas pour l'Organis…

— Stop ! cria Raphaël, tandis que son parrain s'apprêtait à franchir le seuil de la porte du temps.

Je ne bouge pas d'ici tant que je n'ai pas eu mon explication.

Il s'assit en tailleur sur le sol humide et croisa les bras. Sparadrap en profita pour reprendre sa forme naturelle. Il sauta à terre et commença à flairer les stalagmites les plus proches.

Tristan revint sur ses pas.

— Ah oui, c'est vrai, reconnut-il.

Il rassembla ses idées en se grattant la tête, puis répondit.

— En fait, tout à l'heure, tu es mort, commença-t-il.

Raphaël eut un haut-le-corps.

— Pardon ?

— Oui, mort, tout ce qu'il y a de plus mort. Trois flèches, dont une dans le cœur, suivies d'un coup de hache qui t'a fracassé le crâne.

— C'est censé être drôle ?

— Non, il dit la vérité, intervint Raphaëlle.

— C'est vrrrai, affirma Sparadrap. Les méchants Vikings ont fendu la poirrre de sieurrr Rrraphaël.

Cette dernière remarque, plus que les autres, perturba Raphaël, car il savait que les komolks ne sont pas capables de mentir.

— Qu'est-ce que vous racontez ? fit-il en fronçant les sourcils.

— Petite question préliminaire, lança Tristan. Pour toi, l'opération Ascalon a commencé il y a combien de temps ?

— Tu veux parler de l'idée ou du début de l'expédition ?

— Le voyage en hélicoptère et le passage du premier portail, c'était quand ?

— Ben… juste avant l'attaque, tout à l'heure, tu as dit que nous étions partis depuis quinze heures. Donc ça doit faire quelque chose comme seize heures, maintenant, non ?

Tristan et Raphaëlle échangèrent un sourire complice.

— Pour toi, oui, mais pas pour nous, expliqua le séide.

— Tu peux décoder, s'il te plaît ?

— Ta sœur et moi, ainsi que Sparadrap, nous avons atterri dans cette vallée non pas il y a une heure, mais il y a plus de deux jours…

Raphaël voulut protester, mais Tristan leva une main impérieuse.

— Ne m'interromps pas, dit-il, tu vas vite comprendre. Il y a deux jours, donc, alors que nous étions sur le chemin que tu connais, nous avons été pris en embuscade par un groupe de chasseurs vikings dont le village se trouve à quelques kilomètres d'ici. L'attaque a été très rapide et, avant que nous ayons pu les désarmer, tu étais mort. Tu n'as aucun souvenir de cela ?

Raphaël haussa les épaules et fit non de la tête.

— Le contraire m'aurait étonné, poursuivit le séide. Je te passe les détails, mais tu imagines notre désarroi. Nous avons réfléchi à ce que nous devions faire, et c'est là que nous avons eu une idée : utiliser le système de portail n° 95 dont nous a parlé Tripple-toe…

— Celui qui permet de remonter le temps de deux jours, précisa Raphaëlle.

— Nous avons donc filé vers le portail en question, qui se trouve en Russie. Au moment où nous allions le franchir, le gardien du temps nous est apparu.

— Celui que vous avez vu en Égypte ? demanda Raphaël.

— Oui, le même. Et je t'avoue que nous avons eu très peur qu'il nous empêche de passer. Heureusement, cela n'a pas été le cas. Il nous a même parlé. Il était au courant de ce qui venait de se passer et savait pourquoi nous voulions revenir deux jours en arrière. Il nous a autorisés à le faire en disant très exactement ceci : « La mort de ce garçon à une époque qui n'est pas la sienne n'est pas dans l'ordre naturel des choses : vous pouvez donc intervenir pour empêcher que cela se produise. »

— Je l'ai échappé belle, alors, lâcha Raphaël, qui commençait à se faire à l'idée qu'il avait bel et bien péri, même si cela lui semblait encore totalement surréaliste.

— Restait un gros problème, reprit Tristan. En remontant dans le temps de cinquante heures, nous allions fatalement croiser nos autres nous-mêmes.

Raphaël eut un long hochement de tête.

— Ça explique vos doubles... dit-il. Ce n'était donc pas une hallucination.

— Là où les choses se compliquent, c'est que nos doubles devaient se croiser exactement au bon moment, ni trop tôt, ni trop tard.

— Pourquoi ?

— Tu te souviens de l'ordinateur du pharaon ? Que s'est-il passé quand nous avons réuni les deux ordinateurs, celui que je venais d'avoir et son double, découvert dans le tombeau ?

— Ils ont fusionné...

— Exactement. Je savais donc que si nous croisions nos doubles, nous allions fusionner. Mais en fusionnant, je ne savais pas quel Tristan prendrait l'ascendant sur l'autre.

— Je vois... murmura Raphaël. Tu avais peur que le Tristan après fusion ait oublié l'attaque sur le chemin.

— Et dans ce cas, scouic, tu serais mort. Donc, pendant deux jours, nous avons tranquillement concocté notre petit piège : un tronc tenu en équilibre qui, une fois lâché, allait balayer nos Vikings des bois comme un jeu de quilles. Nous avons vu, de loin, nos aérostroms atterrir. Nous nous sommes cachés près du lieu de l'embuscade en prenant garde de ne pas croiser nos doubles et nous avons surgi juste avant le moment fatidique. La suite, tu la connais : je t'ai envoyé un SMS mental en même temps que je déclenchais le piège, puis nous avons fusionné avec nos autres nous-mêmes avant de te retrouver, sain et sauf.

Raphaël resta un long moment silencieux.

— Ben… je vous dois une fière chandelle, lança finalement le stromillon. Du coup, d'ailleurs, il y a une chose que je peux vous avouer, maintenant…

En quelques mots, il leur raconta la prédiction de Cybille, la nuit avant leur départ.

— Tu aurais dû m'en parler, lui dit Tristan sur un ton de reproche. Nous aurions été plus vigilants.

— Ben voilà, c'est fait.

— Mouais… En tout cas, ça confirme ce que pense Numéro 7. Cette petite a bien le don de prophétie.

— Pas complètement au point, son don, précisa Raphaël. Je suis toujours là. Quant au lit blanc, je l'attends toujours… Mais il y a quand même un truc que j'ai du mal à comprendre…

— Ça ne vous ennuie pas qu'on en parle de l'autre côté du portail ? le coupa Raphaëlle en grelottant. Nous sommes trempés… et je suis gelée.

— Elle a raison, fit Tristan. Allons-y.

— Prems ! lança Raphaël en se levant d'un bond.

Il passa devant les autres et, d'un pas décidé, franchit le portail.

Tristan et Raphaëlle le suivirent, et Sparadrap lâcha le morceau de stalagmite qu'il était en train de grignoter pour se précipiter à leur suite.

Un soleil de plomb les aveugla aussitôt.

Ils étaient au pied d'un monticule rocheux perdu au beau milieu d'une immensité désertique.

Tristan fit quelques vérifications sur son spatio-tempomètre, puis releva la tête, l'air satisfait :

— Nous sommes au bon endroit et à la bonne année, dit-il. 25 avril de l'an 301 ; désert de la faim, au cœur de ce qui deviendra, au XXe siècle, le Kazakh-stan.

— On a un gros problème, lança Raphaëlle d'une voix où perçait le trouble.

— Quel problème ?

— Raphaël… Il n'est pas là.

Chapitre 13
Le drac

Raphaël avait franchi le portail à peine trois secondes avant les autres : logiquement, il aurait donc dû se trouver là, à côté d'eux. Il aurait dû tout au plus avoir eu le temps de s'éloigner de quelques mètres. Pourtant, de quelque côté que les nouveaux arrivants portent le regard, il n'y avait rien d'autre autour d'eux qu'un désert de sable et de terre, qui s'étendait jusqu'à perte de vue, parsemé d'une maigre végétation cramoisie.

Par acquit de conscience, le komolk fit le tour du monticule rocheux pour vérifier que son maître ne s'était pas caché derrière dans l'intention de faire une farce. Mais rien de tel.

Il fallait se rendre à l'évidence : Raphaël avait bel et bien disparu.

Cette nouvelle déconvenue fut rude pour Raphaëlle. Elle fit des efforts surhumains pour ne pas se laisser submerger par le désespoir. En l'espace de deux jours, elle avait vu son frère mort, puis revenu à la vie, et voilà qu'il disparaissait à nouveau. Était-il mort une seconde fois ? Était-il perdu quelque part dans les méandres du temps ? Elle aurait bien pleuré, mais elle avait déjà vidé toutes les larmes de son corps au cours des heures qui avaient précédé. Alors, elle se laissa tomber sur le sol pierreux, anéantie, les épaules secouées par des sanglots silencieux.

Sparadrap, lui, se transforma en mégaphone à pattes, tournant sur lui-même en lançant à la cantonade de pathétiques appels qui résonnaient dans le vide :

— SIEURRR RRRAPHAËL ! SIEURRR RRRAPHAËL !

Tristan ferma les yeux pour rassembler ses idées.

— Il y a forcément une explication logique, marmonna-t-il.

— SIEURRR RRRAPH…

— Ça ne sert à rien ! s'impatienta le séide. Il n'est pas là.

Il marqua un temps d'arrêt avant d'ajouter :

— Ou plus exactement, il n'est *plus* là.

Raphaëlle leva vers lui des yeux pleins d'espoir. Elle vit son parrain chausser ses scrutateurs et observer autour de lui.

— Oui, c'est bien ce que je pensais, dit-il. Je vois clairement son écho visuel. Il est bien arrivé ici, mais il y a quelque temps de cela.

Raphaëlle ressentit un immense soulagement.

— Comment ça se fait ? s'enquit-elle.

— Je crois que j'ai compris, fit Tristan en retirant les scrutateurs. Avant de franchir ce portail, nous n'étions pas exactement sur la même fréquence temporelle que Raphaël. À cause de notre petit sauvetage, nous avions deux jours de plus que lui au compteur. J'imagine que les choses se sont rééquilibrées. Cela voudrait dire qu'il est arrivé deux jours avant nous.

— Mais où est-il passé, alors ?

— LÀ ! hurla le mégaphone, faisant sursauter ses compagnons.

Sparadrap, reprenant son apparence normale, pointa son doigt arachnéen sur une flèche dessinée sur le sol avec des cailloux. Ils suivirent la direction indiquée et, quelques mètres plus loin, ils tombèrent sur ces quelques mots inscrits en gros dans la terre, déjà à moitié effacés par le vent :

RETROUVEZ-MOI À SILÈNE. RAPH

Un sourire fleurit le visage de Raphaëlle.

— Silène… dit-elle. C'est le but de notre expédition, non ?

Tristan hocha la tête.

— Exact. C'est là que notre chemin doit croiser celui de saint Georges.

— Et celui de Raphaël. Si le dragon ne l'a pas dévoré entre-temps…

— Nous avons déjà eu notre compte de catastrophes. La foudre ne tombe jamais deux fois au même endroit.

— Espérons-le.

Ils préparèrent les aérostroms sans se hâter pour que leurs vêtements, encore trempés, aient le temps de sécher sous le soleil de midi.

Puis ce fut le départ.

Silène, située entre Damas et Jérusalem, était à cinq heures de vol. Ils survolèrent les steppes désertiques et la mer Caspienne, avant de marquer une pause dans le Caucase, au sommet du mont Ararat. La seconde partie du voyage fut plus courte, et le soleil commençait à décliner lorsqu'ils atterrirent, à une distance prudente de Silène.

Il leur fallut encore une bonne heure de marche pour rejoindre la ville, nichée au creux d'une cuvette verdoyante entourée d'un moutonnement de collines. Un pont de pierre dans le plus pur style romain enjambait une rivière qui coupait la cité en deux parties à peu près égales. Juchée à mi-hauteur de la colline la plus basse, une imposante bâtisse aux allures de palais attirait le regard. Les quatre rues principales de Silène, rectilignes, convergeaient vers une grande place, sorte de forum édifié en contrebas de la demeure princière.

Tristan et Raphaëlle se dirigèrent vers ce point central, d'où ils pourraient ensuite rayonner à la recherche de Raphaël.

La nuit n'était pas encore tombée et ils furent surpris de constater que les rues de Silène étaient quasiment désertes. Les rares passants semblaient pressés, longeant les murs ou jetant des regards inquiets autour d'eux. Derrière les fenêtres, ils devinèrent les silhouettes furtives de quelques curieux qui, sitôt repérés, s'effaçaient promptement dans l'ombre.

Même le forum, qui aurait dû être le cœur battant de la ville, semblait mort. Il y avait pourtant un peu de monde devant les dernières boutiques encore ouvertes, alignées sous une longue colonnade, mais les gens parlaient à voix basse. Et si les tables débordaient de marchandises aux couleurs vives et chatoyantes, tissus, breloques, épices, fruits et légumes, l'ambiance de ce marché était terne, sans vie. Les commerçants, au lieu d'interpeller les passants ou de vanter leurs produits, semblaient presque se cacher derrière les étalages.

On aurait dit que la ville tout entière était en deuil. Ou qu'une sourde menace planait au-dessus des têtes, car les visages exprimaient surtout la peur.

— Sympa l'ambiance ! fit Raphaëlle.

Ils déambulèrent devant les échoppes, profitant de l'occasion pour acheter une portion de raisins secs et quelques fruits frais.

Après ce repas frugal, ils engagèrent les recherches, en commençant par l'artère principale de Silène. Ils interrogèrent plusieurs passants aux mines effarouchées, mais personne n'avait vu Raphaël.

La nuit tomba sans qu'ils s'en rendent compte.

Tristan et Raphaëlle commençaient à s'inquiéter quand, soudain, une voix familière les interpella :

— Ave, Tristanus !

À un angle de rue se dressait une maison basse qui, à en croire les tables disposées devant, devait être une sorte d'auberge antique. Raphaël était là, assis sur l'un des tonneaux faisant office de siège, les jambes posées sur une table de bois brut mal équarri.

Il faisait le fier mais, au fond, il était soulagé de voir sa sœur et son parrain, dont il n'avait cessé de guetter l'arrivée.

— Qu'est-ce que tu fais là ? demanda Raphaëlle.

— Je bosse, répondit le garçon.

— Tu bosses ? répéta Tristan en s'asseyant en face de son filleul.

— Oui, mais là, c'est l'heure de la pause. En plus, il n'y a pas encore de client ce soir. À part vous, bien sûr. Vous avez vu mon petit message, j'espère ? reprit Raphaël.

Sa sœur acquiesça.

— Pour tout vous avouer, poursuivit le stromillon, j'ai eu une sacrée trouille quand j'ai vu que vous n'arriviez pas. Heureusement, grâce au spatiotempomètre, j'ai fini par réaliser que j'étais arrivé deux jours trop tôt par rapport à ce qui était prévu. Avec mon couptou, j'ai voulu graver un message à côté du portail d'arrivée pour vous prévenir, mais boum, figurez-vous que le gardien du temps m'est apparu. Il m'a parlé, à moi aussi. D'abord pour me dire que je pouvais vous laisser un message, mais pas sur ce rocher. Et il m'a confirmé que vous arriveriez avec un temps de décalage en me parlant d'une histoire de resynchronisation à laquelle je n'ai pas compris grand-chose. J'en ai profité pour le remercier de vous avoir permis de me sauver. Et là, plop, il a disparu.

— Et qu'est-ce que tu as fait pendant ces deux jours ? demanda Raphaëlle.

— Je vous l'ai dit, je bosse ici. En arrivant à Silène, j'ai cherché un point de chute et je suis tombé sur Farcius, le patron de cette auberge, qui est également une sorte d'hôtel. Pas commode, le gars, mais il a été plutôt compréhensif avec moi, surtout quand il s'est aperçu que je parlais à peu près toutes les langues du coin.

— Ils parlent plusieurs langues ? s'étonna Raphaëlle.

— Oui, la région est un peu un carrefour. Les uns parlent le grec ancien, d'autres le latin, mais il y a aussi l'araméen, le syriaque et j'en passe. Heureusement, toutes ces langues sont programmées dans le babel universel.

— Une aubaine pour Farcius ! dit Tristan. Il a dû être surpris de voir un jeune garçon aussi savant. Il ne t'a pas posé de questions ?

— Si, bien sûr. Je lui ai expliqué que nous étions en route pour Jérusalem et que mon père et ma sœur allaient me rejoindre un peu plus tard. Je crois qu'il ne m'a pas trop cru. À mon avis, il a pensé que j'étais un esclave en fuite. Quand il a réalisé que je n'avais pas un sou, il m'a embauché comme serveur. Je m'occupe de la plonge, aussi, et du ménage. Un peu homme à tout faire, quoi. Ça m'a permis de recueillir plein d'informations utiles.

— Raconte, fit Tristan.

— Je vous résume l'essentiel. Silène est gouvernée par une sorte de roitelet, qui vit dans le palais sur la colline dominant l'agora. Il s'appelle Didanos et, d'après ce que j'ai compris, il est en fait aux ordres de l'empereur romain Dioclétien. Il y a un an de cela, un *drac* a commencé à terroriser la ville et ses environs.

— Un drac ? releva Raphaëlle. Tu veux dire un dragon.

— Non, un drac. C'est comme ça que tout le monde l'appelle. En tout cas, c'est ainsi que le babel me l'a traduit en français. J'ignore à quoi il ressemble, parce qu'à chaque fois que j'ai voulu en savoir plus, les gens se sont refermés comme des huîtres. Je sais seulement que le drac vit dans un marécage au sud de la ville. Au début, il a exigé des Siléniens qu'ils lui livrent à chaque nouvelle lune un animal en sacrifice. Ça a commencé par des moutons, puis il a réclamé des taureaux. Il y a six mois de cela, il est passé à la vitesse supérieure en réclamant à Didanos qu'une jeune fille lui soit offerte en sacrifice à chaque solstice.

— C'est ignoble ! s'horrifia Raphaëlle.

— Ça cadre bien avec ce qui figure dans les mémoires de saint Georges, dit Tristan. Et le prochain solstice, c'est le 21 juin.

— Exactement. Ça se passera comme pour le solstice d'hiver où une première victime a déjà été livrée au drac. À cinq heures de l'après-midi, tous les pères de famille de la ville ayant une fille entre douze et vingt ans viennent sur l'agora où est organisé un grand tirage au sort. Et tous les Siléniens doivent ensuite conduire en procession la malheureuse perdante jusqu'au repaire du drac.

Raphaëlle ne put réprimer une grimace de dégoût.

— Rassure-toi, ajouta Raphaël, nous avons l'avantage de connaître la fin de l'histoire. La fois prochaine, le méchant drac va être puni par le gentil saint Georges.

— La fois prochaine ou la suivante, fit observer Tristan. Nous ne savons pas encore si saint Georges va intervenir lors du solstice d'été ou celui d'hiver.

— C'est vrai, reconnut le stromillon. Une chance sur deux.

— Bon, voilà le programme, reprit Tristan. Nous allons passer la nuit ici, puis nous filons dès demain matin au système n° 95, où nous franchirons le portail autant de fois qu'il le faut pour arriver au 21 juin. Ça vous va ?

— Non, répondit Raphaël.

— Comment ça ?

— Ce n'est pas toi mais nous que les furolins ont désignés, répondit le garçon avec un clin d'œil. Donc c'est à nous de décider.

— Pardon, c'est vrai. Alors, que proposez-vous ?

Raphaël prit sa sœur à part et ils échangèrent quelques mots à voix basse.

— Voilà notre plan, reprit finalement Raphaëlle. Première étape, nous passons la nuit ici. Puis nous filons dès demain matin au système n° 95 où nous franchirons le portail autant de fois qu'il le faut pour rejoindre le 21. Ça te va ?

— Ça me semble une très bonne idée, acquiesça Tristan en souriant.

Ravi de passer du statut d'employé à celui de client, Raphaël héla le patron pour commander à dîner et lui demander de préparer sa meilleure chambre. Farcius réclama vingt deniers d'argent, payables à l'avance, que Tristan débours a sans barguigner. À voir la mine réjouie de l'aubergiste et les mille soins qu'il prodigua par la suite, il était évident qu'il venait de conclure une très bonne affaire.

Après un excellent repas, ils partirent se coucher sur de vieux lits de sangles recouverts de fourrures animales et s'endormirent comme des souches.

J-10

Sur pied dès les premières lueurs de l'aube, ils prirent le temps d'avaler un petit déjeuner. Farcius, multipliant les courbettes, leur servit un cyceon, sorte de bouillie à base de gruau d'orge allongé d'eau et additionné d'herbes. L'apparence était peu ragoûtante, mais cette boisson épaisse avait un goût savoureux et tenait bien à l'estomac.

Ils emportèrent de la nourriture pour le voyage (l'aubergiste se frotta les mains en empochant trois deniers supplémentaires) et quittèrent la ville.

Le système de portail n° 95, que Tristan et Raphaëlle avaient déjà emprunté pour sauver Raphaël, était dissimulé au fond d'un puits naturel creusé dans une ravine de la chaîne de l'Oural, en Russie. Il leur fallut quatre heures pour le rejoindre, à peine cinq minutes pour passer du 26 avril au 21 juin, et encore quatre heures pour revenir à Silène, juste à temps pour la sinistre cérémonie prévue au soir du solstice d'été.

Une foule immense était déjà rassemblée sur l'esplanade. Des hommes, des femmes, des enfants, toute la population de la ville formait un immense arc de cercle autour d'une urne posée sur un piédestal, au pied du grand escalier montant au palais.

Telle une armée de fantômes, ils portaient tous une toge blanche et se tenaient là, silencieux, résignés.

Tristan et les jumeaux se fondirent discrètement dans l'assistance et patientèrent, avec le sentiment étrange d'être les figurants d'un vieux péplum. Mais il n'y a avait pas de caméras et les gens, autour d'eux, ne jouaient pas un rôle. Leurs visages étaient crispés par l'inquiétude et une expression de peur mystique se lisait au fond des yeux.

Il faisait chaud.

De temps en temps, on entendait les râles séniles de quelque vieillard ou les pleurs d'un enfant, aussitôt rabroué par ses parents.

Soudain, le son d'un tuba résonna haut et clair, et le roi apparut en haut de l'immense escalier, entouré de sa garde. Avec majesté, il descendit les marches, suivi de sa femme et de ses deux enfants, un garçonnet et une jeune fille qui devait avoir une quinzaine d'années. La foule suivit des yeux la famille royale jusqu'à ce qu'elle s'immobilise sur la dernière marche, à quelques pas de l'urne.

Il n'y eut pas de discours. Didanos resta silencieux, figé dans une position hiératique qui le faisait ressembler à une statue antique.

Et une nouvelle attente commença.

— À quoi ils jouent ? murmura Raphaëlle.

Raphaël eut un geste d'ignorance.

La chaleur était de plus en plus pesante, l'attente insupportable.

Lentement, le soleil commença à décliner et les ombres s'allongèrent.

Quelque part dans la ville, un chien aboya furieusement.

Puis un murmure monta dans l'assemblée. Le même nom flottait sur toutes les lèvres, chuchoté avec effroi : le drac.

Il arrivait.

Il traversait l'esplanade.

La foule se fendit en deux pour le laisser passer. Toutes les nuques se courbèrent.

Et le drac s'avança dans un silence de mort.

Un vieillard. Un vieillard à la longue chevelure folle et filasse. Vêtu de repoussantes guenilles couleur de vase, il marchait en boitant, appuyé sur une longue canne en bois noueux.

— *Pas très flippant, le dragon*, dit mentalement Raphaël.

— *Il n'est pas ce qu'il paraît...* estima Tristan en plissant les yeux. *Regardez sa jambe droite.*

— *Bien vu*, rétorqua Raphaëlle, *il a un sabot à la place du pied. Il remplit le premier* CID.

Lors de la petite séance d'initiation dispensée par Alexandre Giboise la veille de leur départ, les jumeaux avaient appris quelques rudiments de démonologie. Le moine leur avait notamment enseigné la façon de reconnaître un démon. Deux conditions, connues sous le nom de Critères d'Identification du Démon (ou CID), devaient être réunies. « Le premier de ces critères est physique, avait-il expliqué. Les démons peuvent prendre une apparence humaine, animale ou végétale, mais ne sont capables que de singer la création, de sorte qu'il reste toujours une anomalie visible rappelant leur véritable état. Cela peut être n'importe quoi : un doigt en trop, une main griffue, des yeux rouge feu, un sabot, une queue ou même parfois une corne. Mais la plupart du temps – surtout depuis la fin du Moyen Âge –, les démons s'efforcent de dissimuler ces anomalies, de les rendre aussi discrètes que possible pour qu'on ne les remarque pas. »

Lentement, Raphaël sortit de son sac un miroir et l'orienta de manière à observer le drac.

— *Deuxième CID vérifié*, annonça-t-il. *Il n'a pas de reflet. C'est donc bien un démon.*

Le drac progressa jusqu'à l'escalier, face au roi. Là, il baissa la tête. Mais ce n'était pas pour saluer Didanos. Il attendait quelque chose.

D'un coup sec, il frappa le sol avec sa canne pour manifester son impatience. Alors, le roi, avec une expression de répulsion et de fureur contenues, se pencha en fermant les yeux et embrassa le drac sur le crâne.

— *Geste de soumission sous l'Antiquité*, expliqua Tristan. *Le démon veut montrer à tous que le royaume est sous sa domination.*

Satisfait, le drac se retourna.

Son bâton martela une nouvelle fois le pavé.

Didanos fit alors un signe de tête et le chef de la garde s'avança. Dans les mains, il tenait un volumen, cet ancêtre du livre constitué d'un papyrus enroulé autour de deux axes verticaux en bois.

D'une voix de stentor, le soldat fit cette annonce officielle :

— Au nom de l'empereur Dioclétien et par ordre de Sa Majesté Didanos, nous allons procéder à la cérémonie. Tous les hommes figurant sur cette liste devront déposer dans l'urne le nom de leur fille lorsque je les appellerai. Tout absent sera considéré comme déserteur et lui-même, ainsi que sa fille, seront jetés aux fauves, et le reste de sa famille vendu aux marchands d'esclaves…

Dans un silence de mort, il commença à égrener sa longue liste, à raison d'un nom toutes les cinq secondes :

— Flavius, père de Justinia ; Fares, père d'Aya ; Simon, père de Salomé…

À chaque fois, un homme sortait de la foule, s'approchait tête basse, saluait le drac en gardant les yeux rivés au sol, puis lâchait son papier dans l'urne avant de s'en retourner.

Plusieurs centaines de noms furent ainsi appelés et la litanie dura plus d'une heure. Tout le monde répondit à l'appel, y compris le roi lui-même, qui fut appelé en dernier.

— Didanos, père de Cleolinda.

Il sortit un papier de sous sa toge et l'enfouit profondément dans l'urne pleine. Puis il fit trois pas en arrière.

Ensuite, le satané vieillard claudiqua vers l'urne, y plongea la main, brassa les bulletins doucement, longtemps, prenant un malin plaisir à faire durer le supplice. Enfin, il releva le bras.

— Voici le nom de l'heureuse élue ! cracha le drac d'une voix grave et puissante.

Le démon promena son regard sur l'assemblée. Une flamme dansait dans ses yeux.

— Cleolinda, fille de Didanos ! clama-t-il en brandissant le morceau de papyrus, tel un trophée.

Un murmure monta de la foule, mélange de surprise et de lâche soulagement. Le roi, lui, s'affaissa, livide, hébété.

— Ce… ce n'est pas possible, bredouilla-t-il. Cela ne se peut…

Sa fille, juste derrière lui, fondit en larmes et son petit frère se précipita sur elle comme pour la protéger.

La reine poussa un hurlement déchirant. Elle courut au-devant du drac et se laissa tomber à genoux.

— Pas elle, je vous en prie, pas ma fille, supplia-t-elle en agrippant les guenilles du vieillard.

Le démon détourna la tête, affectant un air désolé.

— Je ne puis rien pour vous. C'est Didanos lui-même qui a fixé les règles de cette cérémonie, rappela-t-il fiellleusement.

Le roi s'approcha en titubant. Il semblait écrasé, comme si des tonnes pesaient sur ses épaules.

— Je vous donnerai tout mon or, dit-il à voix basse pour n'être entendu que du vieillard. Tout ce que j'ai.

Ou alors prenez-moi à la place de Cleolinda mais pas elle, je vous en supplie. Pas le sang de mon sang…

Le drac hocha gravement la tête, puis s'adressa aux Siléniens en levant les bras.

— Votre roi se dérobe, dit-il. Il essaye de négocier. Il a eu moins de scrupules l'autre fois, lorsque c'est l'une de vos filles qui a été choisie.

Il y eut une bousculade et un homme surgit, le visage écarlate, les traits déformés par la colère. Il pointa un doigt accusateur vers son roi.

— Ma fille, hurla-t-il, a été sacrifiée par ta faute !

Une vague d'approbations monta de la foule.

— Il a raison ! lançaient les plus calmes.

— Justice ! scandaient les autres.

Le roi était en proie au plus terrible des dilemmes qu'on puisse infliger à un homme. Tiraillé entre les pleurs de sa fille, les supplications de sa femme et les cris de son peuple, il ne savait que faire.

Il enfouit sa tête dans ses mains.

— Je ne peux pas ! Je ne peux pas ! répéta-t-il.

Dès cet instant, le vent de la révolte monta d'un cran.

— À mort Cleolinda ! s'écria quelqu'un en brandissant le poing.

Aussitôt, l'injonction fut reprise et, bientôt, des centaines de voix réclamèrent la tête de la jeune princesse, tandis que les soldats s'interposaient entre la foule et son souverain, dégainant leurs glaives ou pointant leurs lances.

— *Observez le drac*, dit Tristan. *C'est exactement ce qu'il cherchait : créer la discorde.*

Effectivement, le démon jubilait. Ce déferlement de haine et de colère semblait agir sur lui comme la plus douce des musiques.

La situation aurait certainement dégénéré si Cleolinda n'avait brusquement levé les bras.

— Paix ! Paix ! s'exclama-t-elle. J'accepte mon sort.

Les cris cessèrent. Les soldats abaissèrent leurs armes et tout le monde se tourna vers la fille du roi. Une expression de froide résolution se lisait sur son visage encore baigné de larmes. Elle s'avança, fière et décidée.

— Si ma mort peut en éviter d'autres, je l'accepte, reprit-elle.

Puis, s'adressant au chef des gardes :

— Préparez le char, ordonna-t-elle.

— *Courageuse, la donzelle !* lâcha Raphaël, admiratif. *J'espère sincèrement que c'est elle que saint Georges sauvera.*

— *Une chance sur deux !* grimaça Raphaëlle, elle aussi émue.

Le drac frappa une nouvelle fois le sol avec sa canne, d'un coup sec qui résonna comme un verdict macabre.

— Je vous attends au mât du destin dit-il, impitoyable, à l'adresse de la princesse. C'est là que vous assisterez à votre dernier coucher du soleil.

Après quoi il s'en fut en claudiquant.

La foule s'écarta de lui, tel un troupeau de moutons à l'approche du loup, et le suivit des yeux jusqu'à ce qu'il disparaisse.

Le marais s'étendait dans un repli de terrain, enfoncé entre deux collines. Jadis, cette oasis miraculeuse avait été un lieu riant et joyeux où les Siléniens venaient volontiers se promener, les enfants se baigner.

Mais depuis que le drac en avait fait son repaire, plus personne n'osait s'en approcher. C'était devenu un lieu maudit. La nature elle-même s'était transformée, faisant de ce petit paradis l'endroit le plus lugubre qu'on puisse imaginer. On n'y voyait plus que des arbres desséchés aux branches tordues. Entourées de buissons aux épines acérées comme des poignards, les eaux sombres et stagnantes exhalaient une odeur épouvantable. Des écharpes de brume flottaient sur les eaux mortes. Toutes sortes d'animaux répugnants avaient trouvé refuge dans ce cloaque.

À l'ouest, le soleil était proche de l'horizon, ajoutant une touche rouge sang à ce paysage de désolation.

Un mât sculpté de masques grimaçants se dressait à quelques mètres du marécage. Les bras fixés au-dessus de sa tête par deux anneaux de fer, Cleolinda était là, scrutant de ses grands yeux noirs les chapes brumeuses d'où, elle le savait, le drac surgirait bientôt. Quand son père, le cœur déchiré de chagrin, lui avait fait ses adieux, la princesse avait refusé qu'il lui bande les yeux. Elle s'était juré de regarder la mort en face. Non, elle ne courberait pas l'échine devant ce monstre. C'est pour cela qu'elle ne se débattait pas, malgré la peur qui lui dévorait les entrailles.

Cachés derrière un éboulis, Tristan et les jumeaux observaient la scène avec une attention soutenue. De là où ils étaient, ils pouvaient voir sans être vus.

Sparadrap était lui aussi aux aguets, mais ses préoccupations étaient bien différentes. Sorti du sac de son maître, il épiait les insectes géants qui pullulaient sous les rochers. Dès qu'une bête entrait dans son champ de vision, le komolk dardait sa langue démesurément longue et happait l'animal.

Raphaël était comme hypnotisé par Cleolinda. Physiquement, elle n'était pas particulièrement séduisante, mais son courage la transfigurait et il la trouvait belle. Et même plus que cela : magnifique, flamboyante, lumineuse.

— *On pourrait la délivrer avec nos couptous*, tenta le stromillon.

Par souci de discrétion, ils échangeaient mentalement.

— *Et que se passera-t-il, à ton avis ?* répliqua Tristan.

— *Je sais, le gardien du temps s'interposera et nous serons paralysés avant même d'avoir levé le petit doigt.*

Émue par ce poignant spectacle, Raphaëlle espérait de toutes ses forces que la jeune femme, à peine plus âgée qu'elle, serait sauvée.

— *Et s'il ne venait pas ?* hasarda-t-elle.

— *Si saint Georges ne vient pas aujourd'hui, il arrivera pour sauver la prochaine, dans six mois,* répondit Tristan. *Je sais, ce serait terrible pour Cleolinda, mais...*

— *Non, je veux dire : s'il ne venait pas du tout, ni pour ce solstice, ni pour le suivant ?*

Le séide fixa sa filleule.

— *C'est quoi, ton film préféré ?* demanda-t-il à brûle-pourpoint.

— *Quel rapport ?*

— *Réponds.*

— *Ben... j'en sais rien, moi. Disons* Titanic.

— *Tu l'as vu plusieurs fois ?*

— *Oui.*

— *Est-ce que tu te demandes à chaque fois si le paquebot va percuter l'iceberg ?*

— *Non, bien sûr, mais...*

— *Eh bien là, c'est pareil. Nous assistons à une scène qui s'est déjà produite. C'est comme un film en mode* replay. *Donc ça n'a pas de sens de se demander si la fin sera la même.*

— *Et le dragon, tu le vois quelque part ?* objecta Raphaëlle en pointant le doigt sur la médaille qu'elle portait autour du cou. *Pour l'instant, à part un démon déguisé en vieillard, je n'ai rien vu.*

— *C'est vrai, ça,* confirma son frère. *En tout cas, je m'en fiche, si saint Georges ne déboule pas, j'essaierai de la libérer. Et le gardien du temps aura de mes nouvelles s'il cherche à m...*

— *Écoutez !* l'interrompit Tristan en levant une main impérieuse.

Ils tendirent tous les trois l'oreille.

Au début, ils n'entendirent rien.

Puis un bruit leur parvint. Un martèlement aussi régulier que les battements d'un cœur. Ou le choc de sabots heurtant le pavé.

Les éboulis, autour d'eux, limitaient leur champ de vision. Mais le bruit s'amplifia et, bien vite, ils en eurent la certitude : un cavalier approchait.

Chapitre 14
Ascalon

J-8

Arthur dormait à poings fermés.

Avachi sur la table, entouré d'un amoncellement de vieux livres et de feuilles griffonnées, il avait cédé au sommeil sur le coup des deux heures du matin.

— Arthur Bruno !

Une voix féminine l'appelait.

Il ouvrit un œil, puis le referma aussitôt.

La voix se fit à nouveau entendre, sans plus de succès.

Alors une sonnerie stridente retentit et, cette fois, le garçon se réveilla pour de bon.

— Pardon d'interrompre vos réflexions, dit l'ordinateur Soleil, mais je viens de capter un signal provenant de l'Œil : le séide Tristan Milan et les stromillons Raphaëlle et Raphaël Chêne sont de retour.

— Yes ! fit joyeusement Arthur en levant les bras. Où sont-ils ?

— En Roumanie. Souhaitez-vous obtenir un contact visuel ?

— Avec plaisir !

Une image apparut sur le grand écran. On y voyait Tristan et les jumeaux, assis sur la margelle d'un vieux puits perdu au cœur d'une forêt. La tête baissée, ils avaient l'air de contempler leur ceinture.

— Soleil, tu peux me connecter sur leurs spatio-tempomètres ?

Instantanément, les trois visages s'affichèrent sur l'ordinateur géant, en contre-plongée. De leur côté, les voyageurs du temps eurent un sursaut de surprise en voyant apparaître le visage d'Arthur sur leurs consoles.

— Hello ! lança-t-il. Bienvenue au bercail !

— Hello ! répondirent-ils tous les trois, en chœur.

— Bilan ?

— Opération Ascalon réussie ! annonça fièrement Raphaëlle.

— Pas possible ? Génial !

— Et de ton côté, ça donne quoi ? La prophétie, le Margilin ?

Arthur fit une drôle de grimace.

— C'est peut-être mieux qu'on en parle de vive voix, dit-il. Je vois avec Bjorn pour que l'Œil vous envoie un hélico.

— OK ! fit Tristan. Et convoque les membres du Commando 37. On fera le point à notre arrivée.

— Ça roule !

La matinée touchait à sa fin quand la réunion de débriefing commença. Arthur, Alexandre Giboise, John Trippletoe, les professeurs Quémeneur et Rochecourt, Bjorn Gorblurg, Anatole Carambole et même Numéro 7 : ils étaient tous là, impatients de découvrir la mythique lance de saint Georges.

Le chancelier n'y alla pas par quatre chemins. D'emblée, il posa la question qui flottait sur toutes les lèvres :

— Alors, où est Ascalon ?

— Là, sous vos yeux, répondit Raphaëlle avec un sourire énigmatique.

Tout le monde fronça les sourcils. En dehors des piles de vieux livres stockés dans un coin, il n'y avait rien dans la pièce. Et à part Sparadrap, occupé à avaler une fermeture Éclair, la table était vide…

J-10

Monté sur un destrier blanc, le cavalier avait surgi d'une ondulation de terrain à l'instant précis où, dans son dos, le soleil perçait la ligne d'horizon.

— C'est lui ! C'est saint Georges ! murmura Raphaël avec des accents d'admiration dans la voix.

Droit sur sa monture, le chevalier s'avança doucement en direction du mât de sacrifice, tenant d'une main la bride et l'autre main posée sur le pommeau de son glaive. Il était vêtu d'un jaque, sorte de vêtement de protection matelassé, avec une ceinture de cuir autour de la taille et un bouclier ovale attaché en bandoulière dans le dos.

Il était encore jeune et, à en croire la poussière le recouvrant des pieds à la tête, jusque sur ses cheveux châtains en bataille, il avait fait un long voyage. Mal rasé, son visage volontaire était éclairé par un regard étincelant.

Avec souplesse, il sauta à terre. Son cheval poussa un hennissement et c'est seulement alors que Cleolinda remarqua sa présence. Elle sursauta, étouffa un cri mais, voyant que le nouvel arrivant n'était pas celui qu'elle craignait, elle changea d'expression, passant de la peur à la surprise, puis de la surprise à l'espoir.

Le chevalier s'avança, s'inclina devant la princesse et dégaina son glaive.

— Gente dame, dit-il d'une voix douce et grave en levant son épée vers le ciel, cette arme et celui qui la porte sont là pour vous secourir. La divine Providence a guidé mes pas : j'ai croisé les vôtres en chemin et ils m'ont raconté votre infortune.

Les derniers rayons du soleil se reflétaient sur la large lame et, aux yeux de nos trois observateurs, cela donnait vraiment l'impression que le glaive était incandescent.

— Ascalon ! lâcha Raphaëlle dans un souffle.

— *Je croyais que c'était un archange qui était censé la lui remettre juste avant le combat*, s'étonna mentalement Raphaël.

— *En effet*, acquiesça Tristan. *C'est bien comme ça que saint Georges présente les choses dans ses mémoires.*

Cela semblait le préoccuper. Le front barré d'une ride verticale, il fixa avec une attention plus soutenue encore la suite des événements.

— Si vous me libérez, le drac se vengera sur mon peuple, dit Cleolinda d'une voix éperdue.

— Avec la grâce de Dieu, je vaincrai cette créature infernale. Ou je mourrai.

L'attitude de la princesse et du chevalier, les dialogues, le paysage de désolation dans lequel se déroulait cette scène, tout cela faisait penser à un film hollywoodien des années soixante. Les trois compagnons n'auraient pas été surpris de voir surgir un metteur en scène s'exclamant : « Coupez ! On la garde ! Émotion, intensité dramatique, c'était parfait : on s'y croirait vraiment ! » Ils devaient sans cesse faire un effort pour ne pas oublier que tout cela se passait réellement, que la jeune femme pensait ce qu'elle disait, que c'était bien saint Georges qui était là.

Et qu'un dragon devait surgir d'un moment à l'autre.

Normalement.

Si tout se passait comme prévu.

Un affreux doute s'insinua dans l'esprit de Tristan. Et si, justement, rien ne se passait comme prévu ?

Après tout, les seules sources de référence relatant cet épisode épique, magnifié pendant des siècles par les plus grands artistes, étaient les mémoires rédigés par saint Georges et le bouche à oreille. Le chevalier n'avait-il pas été tenté d'arranger ou d'embellir un peu les choses ?

Se pouvait-il que tout cela ne soit qu'un mythe ?

Un instant, il envisagea le cortège de conséquences que cela entraînerait : Ascalon ne serait qu'une arme tout à fait banale, incapable d'infliger ne serait-ce qu'une égratignure à un démon ; donc, ce voyage dans le temps n'aurait servi à rien ; donc, rien ne pourrait conjurer la dernière prophétie de Nostradamus ; donc...

Le séide secoua la tête pour évacuer ces idées noires.

Cela ne servait à rien. Après tout, il verrait bien. La réponse ne tarderait pas.

Et, en effet, à cet instant, la princesse poussa un cri. Ses yeux agrandis de terreur fixaient le marécage, où la tête du drac venait de surgir de l'eau sombre.

Le chevalier fit volte-face, l'arme dressée devant lui et observa la lente progression du vieillard. Ses épaules émergèrent, couvertes d'algues noires, puis son buste, ruisselant de boue. Arrivé sur la terre ferme, le drac s'immobilisa. Les mains appuyées sur sa canne, il fixa ses yeux vitreux sur Cleolinda. Puis son regard glissa sur l'homme. Longuement, il les considéra tous les deux, à la façon d'un chat qui observe deux souris en se demandant laquelle il va croquer en premier.

— Écarte-toi de mon butin, dit-il finalement.

Le chevalier fit un pas de côté pour s'interposer directement entre le démon et la prisonnière, pointant son glaive.

— Retourne aux enfers, maudit ! Tu as commis assez de crimes dans cette vallée de larmes.

La tête du drac dodelina.

— Tu l'auras voulu, pauvre fou…

Le vieillard laissa tomber son bâton et se recroquevilla sur lui-même en vociférant dans une langue que les babels universels ne purent traduire. Une fumée noire jaillit alors des narines du drac en un flux continu qui, rapidement, l'enveloppa entièrement. La sombre nuée se fit plus dense, plus épaisse et, par volutes, commença à enfler dans toutes les directions.

Les incantations diaboliques continuaient à fuser et on entendait toutes sortes de craquements qui faisaient froid dans le dos.

Quelque chose de terrible était à l'œuvre.

Tristan et les jumeaux avaient beau se douter de ce qui allait sortir du cocon de brume, ils ne purent réprimer un mouvement de recul en voyant soudain surgir une énorme tête reptilienne, hérissée de trois cornes plus longues que des épées, qui poussa un grondement rauque.

Cleolinda fut secouée de tremblements et perdit connaissance.

Saint Georges recula de deux pas et, d'un geste preste, attrapa son bouclier qu'il serra fermement contre lui, en position de défense.

Sparadrap lui-même goba un dernier scorpion et interrompit son repas d'insectes pour observer le monstre.

La sombre nuée se dissipa, révélant un corps massif porté par quatre courtes et épaisses pattes griffues, et une interminable queue de saurien qui battait furieusement l'eau du marais, soulevant des gerbes de vase. À l'extrémité d'un long cou frangé en dents de scie, une gueule géante béait, barbelée de dents aussi acérées que des poignards, au fond de laquelle montait un rougeoiement. Le cou du monstre se tendit vers le ciel et un puissant jet de flammes stria l'espace, plusieurs mètres au-dessus du chevalier.

C'était un coup de semonce. Une sorte d'avertissement.

— Adore mon maître et je te laisse la vie sauve, gronda la bête d'une voix terrible.

Alors, à la surprise de tous, saint Georges planta son épée dans le sol et mit un genou en terre. Il resta ainsi un long moment, immobile, les yeux fermés.

— *Qu'est-ce qu'il fait, là ?* s'étonna Raphaël.

— *Il prie*, répondit Tristan.

— *D'accord, mais qui ?*

— *À ton avis ?*

Le dragon dut croire à sa victoire, car une sorte rire caverneux s'échappa de sa gueule fumante.

— *On a saint Georges et le dragon*, résuma Raphaëlle. *Maintenant, c'est au tour de l'archange.*

Pourtant, contrairement à ses attentes, aucun archange n'apparut.

Le chevalier se releva et brandit farouchement son épée.

— Je mourrais cent fois plutôt que de trahir le Tout-Puissant, s'écria-t-il.

— *Ça va chauffer*, lâcha Raphaël.

Le dragon s'avança à pas pesants, faisant frémir le sol, ses écailles écarlates ruisselant d'une écume nauséabonde.

Et le combat s'engagea. Ce fut une lutte dantesque, terrible, avec un rapport de forces totalement disproportionné. Le monstre était plus haut qu'un arbre, plus puissant qu'une armée réunie.

Le seul atout du chevalier était sa mobilité, car les mouvements de la bête étaient extrêmement lents. Les flammes jaillissantes frôlaient l'homme ou frappaient le sol à l'endroit où il s'était trouvé un instant avant mais, à chaque fois, d'un bond ou d'une roulade, il échappait à la mort.

Combien de temps pourrait-il tenir ainsi ?

Saint Georges comprit que sa défense serait tôt ou tard vouée à l'échec. Et qu'il devait passer à l'attaque.

Avec la souplesse d'un félin, il se précipita vers le dragon, de face, en hurlant pour se donner du courage. On aurait dit un moustique défiant un char d'assaut. Et pas n'importe quel char d'assaut : celui-ci était intelligent, doté d'un lance-flammes et harnaché de griffes et de crocs.

L'attaque téméraire fut brutalement interrompue. Le monstre, balayant l'air d'un coup de patte, projeta le chevalier à plusieurs mètres de distance. Sous le choc, le bouclier avait été éventré. Le guerrier se releva, jeta sa protection devenue inutile et, sans état d'âme, repartit à l'assaut, par l'arrière cette fois. Profitant du temps que la bête mettait pour se retourner, il réussit enfin à s'approcher du flanc découvert.

Il leva son épée et, avec un cri sauvage, l'abattit de toutes ses forces pour éventrer le dragon.

Le choc fit jaillir une gerbe d'étincelles.

Le glaive se brisa net, au niveau de la garde.

— *Oups*, fit Raphaël. *Cette épée n'est pas Ascalon, semble-t-il.*

À l'endroit de l'impact, la bête n'avait rien, pas même une égratignure.

Saint Georges resta figé, fixant d'un air hagard les débris de son arme. Alors il comprit que le combat était vain et battit en retraite à reculons.

Tel un fouet géant, la queue du dragon flagella l'air, faisant valser le chevalier qui fit un vol plané et retomba lourdement à quelques pas de l'éboulis derrière lequel Tristan et les jumeaux étaient dissimulés, spectateurs impuissants de ce duel titanesque.

Le corps sanguinolent, Georges tenta de se relever, mais il avait une épaule déboîtée et plusieurs côtes cassées, et il s'affala sur le sol avec une grimace douloureuse. Dans un effort surhumain, il réussit à se mettre à genoux, les bras dressés vers le ciel.

— *Alleeez, l'archange, c'est le moment !* s'impatienta Raphaëlle.

Mais le ciel resta muet.

Le dragon s'avança, impitoyable, vers sa proie.

— *Mais qu'est-ce qu'il attend pour apparaître, bon sang !*

Soudain, un éclair illumina l'esprit de la stromillonne. Une sorte de révélation soudaine.

— *À moins que…*

Son regard croisa celui de Tristan.

— *J'ai une idée*, reprit-elle. *C'est un peu fou, mais…*

— *Je sais*, répondit le séide avec un clin d'œil. *Je viens d'avoir la même.*

— *Tu penses que ça peut marcher ?*

— *On verra bien. Tu t'en sens capable ?*

Raphaël, les sourcils froncés, avait intercepté l'échange mais n'y comprenait goutte.

— *T'inquiète !* répondit Raphaëlle. *Je suis la meilleure de la promo en vibratoire. Reste le principal.*

— *OK, vas-y !* dit Tristan. *Moi, je m'occupe de faire diversion.*

Il chaussa ses scrutateurs et concentra son regard sur le cheval de saint Georges, resté sur un monticule, à l'écart du théâtre de la bataille. « Allez, dada, pensa-t-il, tu vas écouter bien sagement la consigne que je vais t'envoyer… »

Raphaëlle, de son côté, interpella le komolk :

— *Sparadrap, écoute-moi bien : tu vas te transformer en une lance bien pointue. Transmutation !*

La créature fixa sur elle un gros œil surpris, haussa les épaules, puis prit la forme demandée.

À cet instant seulement, Raphaël comprit leur plan.

Pendant ce temps, Tristan continuait à fixer avec intensité le destrier de saint Georges, qui semblait à présent agité.

Le cheval se cabra soudain, poussa un hennissement sauvage et partit au galop droit vers le dragon. Dans une course folle, il fondit littéralement sur lui, pivota au dernier moment et lui asséna une violente ruade.

— *C'est le moment !* lança Tristan à sa filleule. *Vas-y ! Et fais gaffe !*

Raphaëlle prit une longue inspiration, ramassa la lance et disparut.

Le monstre s'était immobilisé, cherchant à suivre des yeux les mouvements erratiques du fidèle destrier qui faisait des allers-retours de tous les côtés, assénant des coups de sabot puis s'enfuyant aussitôt.

Alors saint Georges eut une vision. Un archange apparut, porteur d'une lance.

— Voici Ascalon, dit Raphaëlle en lui tendant l'arme d'un geste cérémonieux. Vous me la rendrez après la victoire.

Les yeux du chevalier se mirent à briller. Malgré ses blessures, il se leva, saisit l'arme et s'inclina devant ce miraculeux messager.

Il ne pouvait s'agir que d'un archange. D'ailleurs, ses pieds quittèrent le sol et il devint transparent comme l'air.

Saint Georges avait oublié sa douleur. Une vigueur nouvelle inonda son cœur et toutes les fibres de son corps.

Il pointa Ascalon et s'élança vers le démon en hurlant :

— Par saint Micheeeeel !

Du premier coup, la lance perça le cœur du dragon.

La bête poussa un râle épouvantable, fit trois pas en arrière, tenta d'arracher la lance avec sa griffe puis s'effondra dans un bruit de fin du monde, terrassée.

J-8

Quand les jumeaux eurent achevé le récit de leurs aventures, un long silence plana. Autour de la table, une intense stupéfaction se lisait dans tous les regards, fixés vers Sparadrap.

Fier d'être ainsi au centre de toutes les attentions, le komolk prit une pose étudiée, tournant sur lui-même, les mains sur les hanches.

— Vous voulez dire que… Ascalon, c'est… lui ? finit par balbutier Arthur, l'air halluciné.

Sparadrap hocha la tête et cracha une sorte de caillou noir qui roula sur la table.

— Morrrceau de corrrne du drrragon, dit-il en grimaçant. Trrrès mauvais goût.

Puis il prit l'apparence de la lance qui avait servi à terrasser le monstre.

John Trippletoe souleva l'arme, l'examina, caressa la pointe métallique et partit d'un grand éclat de rire.

— Et l'archange, c'est elle, ajouta Raphaël en désignant sa sœur.

— J'ai laissé mes ailes au vestiaire, plaisanta-t-elle.

Numéro 7 eut une moue amusée.

— J'avoue que tout cela est très… inattendu, dit-il. En tout cas, je vous félicite. Vous avez fait du beau travail.

S'adressant plus particulièrement aux jumeaux, il ajouta :

— Je vais en parler avec votre parrain, mais ça devrait vous rapporter un bon paquet de PPDS.

— Sans la cartographie des portails, nous n'aurions rien pu faire, dit modestement Raphaëlle.

— C'est un travail d'équipe, bien sûr, rétorqua le chancelier. Bon, essayons d'avancer, maintenant. Car je rappelle qu'il ne nous reste plus que huit jours. Je vais devoir informer mes collègues, mais avant cela, j'aimerais recueillir vos réactions.

Le professeur Rochecourt prit la parole.

— Ce que nous venons d'apprendre est proprement sidérant, dit-il. En tant que directeur du laboratoire de chimie élémentale, j'en tire un enseignement très clair : contrairement à ce que nous pensions jusque-là, il est possible de détruire un démon. Pour peu, bien sûr, que nous utilisions les bonnes armes. Les komolks, nous le savons, viennent d'un autre monde où les lois de la physique et de la chimie obéissent à des règles radicalement différentes des nôtres. Si Ascalon a pu terrasser le dragon là où une épée ordinaire était impuissante, cela signifie que la matière qui compose les komolks est capable d'anéantir les esprits du mal.

— Si ce que vous avancez est exact, intervint Tristan, ce serait un véritable bouleversement pour l'Organisation et pour l'humanité tout entière. Nous pourrions alors véritablement combattre et vaincre les démons.

— Vous n'avez pas l'air convaincu, dit Numéro 7 en se tournant vers Alexandre Giboise.

Le moine, en effet, affichait un air dubitatif.

— Je suivrais à cent pour cent votre démonstration, professeur Rochecourt, si le monde… ou disons *les* mondes, n'étaient constitués que d'atomes et régis par des lois purement physiques, expliqua-t-il. Or, nous sommes bien placés pour savoir que l'univers obéit aussi aux lois de l'esprit et que des forces invisibles sont à l'œuvre. Entendons-nous, je ne dis pas que vous avez tort. Je veux simplement souligner qu'il pourrait y avoir une explication plus... mystique. Par exemple, que c'est la foi de saint Georges qui a vaincu le démon et non la lance elle-même.

Il émit un petit rire avant d'ajouter :

— Eh oui, chassez le surnaturel, il revient au galop !

Le chancelier semblait perplexe.

— Est-ce Ascalon ou la main de saint Georges qui a terrassé le dragon ? lança-t-il après un long silence. Je vous avoue que je l'ignore. Peut-être, d'ailleurs, avez-vous raison tous les deux.

— Puisque Sparadrap nous a ramené un morceau de la bête, nous pourrions faire des expériences pour essayer d'en savoir plus ? suggéra Constance Quémeneur.

Numéro 7 accepta la proposition, tout en rappelant qu'il restait très peu de temps avant l'échéance prévue par la dernière prophétie.

— Justement, lança Raphaël. À vous de nous raconter ce qui s'est passé en notre absence. C'est bien beau d'avoir déniché Ascalon : encore faut-il trouver le démon qui lui servira de fourreau. Vous avez réussi à repérer le Margilin ?

Le chancelier se leva de sa chaise.

— Je vous laisse, dit-il. Je dois faire mon rapport au Maëstrom et à mes collègues.

Il quitta la salle, confiant à John Trippletoe le soin d'informer Tristan et les jumeaux des dernières avancées de l'enquête.

Chapitre 15
D'une énigme à l'autre

L'alchimiste sembla embarrassé.

— Concernant le Margilin, commença-t-il, je suis au regret de vous dire que l'enquête piétine sérieusement. Les séides du monde entier ont beau être mobilisés à plein temps, la tâche est titanesque.

Puis, se tournant vers l'ordinateur mural :

— Soleil, pourrais-tu afficher le planisphère ?

Sur le grand écran, une carte du monde apparut, constellée d'une myriade de points clignotants, presque aussi nombreux que les étoiles dans un ciel d'été.

— Chaque lumière représente un cas suspect, expliqua Trippletoe. C'est-à-dire une personne qui, au cours des derniers mois, aurait manifesté un don insolite nous permettant de supposer un contact avec le Margilin...

Le chiffre 15 413 apparut en rouge.

— En cinq jours, nous avons déjà répertorié plus de quinze mille cas de ce type, et la liste ne cesse de s'allonger à chaque heure. Il y a vraiment de tout. Dans une grande majorité, il s'agit de personnes qui prétendent avoir des superpouvoirs : parler aux animaux ou avec les esprits, léviter, passer à travers les murs, commander aux éléments et j'en oublie. Entrent dans cette catégorie des légions de guérisseurs, magiciens, gourous, sorciers et devins et, comme vous vous en doutez, il y a là-dedans plus de supercherie que de superpouvoirs. Et puis, nous avons aussi répertorié trois mille deux cent dix-huit cas…

— Trois mille quatre cent trente et un à l'heure présente, corrigea Soleil de sa voix suave.

— Évidemment, le nombre s'accroît d'heure en heure, soupira l'alchimiste. Trois mille quatre cent trente et un cas, donc, qui constituent des témoignages indirects : des gens qui auraient été témoins d'événements insolites dont ils n'ont pas été eux-mêmes les acteurs. À mon sens, cette dernière catégorie est plus intéressante pour nos recherches parce que les sources sont *a priori* plus fiables. Quoi qu'il en soit, l'Organisation s'efforce d'enquêter sur tous les cas. Mais…

Tandis qu'il parlait, Soleil afficha un tableau de synthèse.

BILAN GLOBAL DES RECHERCHES

TOTAL DES CAS SUSPECTS	15 413
Enquêtes résolues (négatives)	1 689
Enquêtes résolues (positives)	0
Enquêtes en cours	6 573
Enquêtes à prévoir	7 151

— Comme vous pouvez le constater, nous avançons à pas de fourmi et, pour l'instant, nous n'avons détecté personne ayant été en contact avec le Margilin.

Tristan et les jumeaux échangèrent un regard consterné.

— On n'y arrivera jamais comme ça, dit Raphaël. C'est pire que de chercher une aiguille dans une botte de foin.

— Et la prophétie ? demanda Raphaëlle.

— J'y arrivais, reprit l'alchimiste, car de ce côté-là, nous avons bien progressé et, comme vous allez le voir, cela apporte un élément nouveau qui devrait nous aider pour l'enquête. Ce matin même, nous avons validé l'interprétation définitive de la trente-septième prophétie de Nostradamus. Voici ce que ça donne.

Le texte traduit apparut sur l'écran :

La trente-septième et dernière prophétie est la pire car elle présage une possible fin du monde. Si la boîte de Pandore enfermant le mo(r)t qui ne doit pas être révélé était ouverte grâce au sang des treize humains (âgés de treize ans ?) embrigadés par le Margilin, alors, ce serait le chaos sur terre. Si cette boîte [de Pandore] est ouverte à la prochaine éclipse lunaire [le 25 décembre à minuit] il y aura une période de troubles terribles et moi, Nostradamus, je ne vois rien au-delà.

— La boîte de Pandore ! s'exclama Raphaël. Celle de la mythologie ?

— Oui, la première femme, créée dans l'argile sur l'ordre de Zeus et parée de tous les dons, expliqua Trippletoe. Celle qui a ouvert la fameuse boîte contenant tous les maux de l'humanité. On retrouve des légendes comparables dans de nombreuses civilisations oubliées, avec des variantes.

— Sauf que là, nous ne sommes pas dans un récit mythologique, fit observer Tristan. Mais je ne comprends pas bien la suite : qu'est-ce que ce mot… ou ce mort qui ne doit pas être révélé ?

— Nous en avons beaucoup discuté et ce point n'a pu être éclairci. Mais peu importe, à la limite. Ce qui est sûr, c'est que le Margilin ne doit pas ouvrir cette boîte, quoi qu'elle puisse contenir.

Tristan relut attentivement l'interprétation de la prophétie.

— Pourquoi y a-t-il un point d'interrogation à propos des *humains âgés de treize ans* ? demanda-t-il.

— Nous n'étions pas absolument sûrs de la signification de la fin du cinquième vers : *les treize des cinq méridiens et de treize,* répondit Trippletoe. Il reste un léger doute même si, en ce qui me concerne, je suis convaincu que le deuxième *treize* ne peut faire allusion qu'à l'âge des jeunes recrutés par le Margilin et dont le sang doit précisément servir à ouvrir la boîte de Pandore. Et c'est précisément cela, l'information nouvelle dont je vous parlais.

— En effet, intervint Bjorn Gorblurg, si on intègre cette donnée, ça réduit considérablement le champ de nos recherches.

— Exactement, acquiesça l'alchimiste.

Se tournant vers l'ordinateur, il ajouta :

— Soleil, combien y a-t-il de « cas suspects » âgés de treize ans ?

— Trois cent quatre-vingt-seize, répondit la voix électronique.

— Voilà qui est plus raisonnable, lâcha Bjorn.

— Auxquels s'ajoutent six cent dix-huit cas pour lesquels nous n'avons pas de renseignement sur l'âge des intéressés, précisa Soleil.

— Bon, la botte de foin a quand même bien rétréci, reprit le chef de l'Œil. Je vais demander à mes équipes de circonscrire leurs recherches aux cibles ayant treize ans et de faire passer le message dans les autres commanderies.

Tristan consulta sa montre.

— Et si nous faisions une pause déjeuner ? suggéra-t-il. Les chefs du Commando 37 sont-ils d'accord ?

Les jumeaux accueillirent l'idée avec enthousiasme et la séance fut levée.

Dans le couloir du second sous-sol, Arthur proposa à ses amis de pique-niquer dans le jardin des Tuileries.

— Je ne suis quasiment pas sorti de la Commanderie ces cinq derniers jours, justifia-t-il. Et j'étouffe un peu.

— Bonne idée, rétorqua Raphaëlle, mais j'aimerais prendre une douche et me changer avant.

— Moi aussi, fit Raphaël.

— OK, pendant que vous vous préparez, je passe prendre des provisions à la cafèt'. On se retrouve dans une demi-heure au bassin du Grand couvert ?

— Ça roule !

En sortant de l'hôtellerie, les jumeaux rendirent visite à leur mère. Tristan était là, à côté du lit, un bouquet de roses à la main.

— Je vous laisse, dit-il en se levant.

— Non, reste, le pressa Raphaëlle.

Ils demeurèrent tous les trois un long moment sans parler, en contemplation devant la belle endormie.

— Il n'y a plus que deux lits, fit soudain remarquer Raphaël.

— Oui, répondit son parrain. Périclès Niorkos s'est réveillé avant-hier. Mais il était dans un coma léger, lui.

Raphaëlle donna un coup de coude à son frère. Elle désigna sa montre pour rappeler qu'Arthur les attendait et qu'ils étaient en retard.

Emmitouflés dans leurs polaires, les jumeaux rejoignirent leur ami. Assis sur un banc, une bonne réserve de sandwichs et de hot-dogs à côté de lui, il jetait des miettes de pain aux pigeons qui se pressaient en roucoulant à ses pieds.

— Avec tous ces voyages dans le temps, nous sommes complètement déphasés, dit Raphaël en prenant place. On est quel jour ?

— Lundi 17 décembre, répondit Arthur. J-8.

Raphaëlle choisit un sandwich jambon-beurre et commença à le manger en silence, songeant à sa mère, à la vie, à la mort.

Une maman se promenait dans le jardin des Tuileries, tenant ses deux enfants par la main. Ils étaient heureux, riaient. Avec insistance, le plus jeune essayait de deviner quel cadeau il aurait pour Noël, avançant toutes sortes d'hypothèses. À chaque fois, sa maman répondait « Surprise ! » avec un sourire mystérieux.

Une surprise.

La surprise risquait en effet d'être de taille, le jour de Noël.

J-8…

Se pouvait-il réellement que le monde vive ses dernières heures ?

Elle envia cette petite famille qui, dans une parfaite insouciance, se réjouissait des fêtes de fin d'année sans se douter que, peut-être, il n'y aurait plus jamais de réveillon de la Saint-Sylvestre.

— Toi, tu es en train de broyer du noir ! lâcha Arthur en plissant les yeux.

— Tu lisais dans mes pensées ? s'offusqua Raphaëlle.

— Ah non, ça, jamais ! Je me suis juré de ne pas le faire avec mes amis. C'est juste que tu tires la tronche.

La stromillonne soupira.

— Je doute simplement de nos chances de réussite, avoua-t-elle. Pas toi ?

— Tu connais l'histoire de la souris et du mulot qui tombent dans un pot à lait ? demanda Arthur en guise de réponse. C'est mon parrain qui me l'a racontée un jour où j'étais déprimé. J'y repense souvent.

— Vas-y, je t'écoute.

— Eh bien la souris s'agite comme une malade alors que le mulot, lui, la joue fataliste en disant que ça ne sert à rien de lutter, que les parois sont trop lisses pour remonter. Et gloup ! Il se laisse couler.

— Et la souris ?

— Elle tient bon, décidée à se battre jusqu'à l'épuisement. Et, à force de remuer, ses petites papattes finissent par faire un miracle : le lait se transforme en beurre, et elle s'en sort.

Raphaëlle sourit.

— J'aime bien cette histoire, dit-elle. Tu as raison, nous ne devons pas baisser nos petites papattes.

Raphaël s'immisça dans la conversation en mâchonnant son hot-dog débordant de moutarde.

— Cha ne vous est jamais arrivé de vous demander che que vous feriez chi vous chaviez que la fin du monde aurait lieu demain ? lança-t-il.

Raphaëlle leva les yeux au ciel.

— T'es vraiment un gros lourd, toi ! le tança-t-elle.

Mais Arthur vint au secours de son ami.

— Non, c'est vrai, je me suis toujours demandé ce que je ferais, dit-il. C'est l'occasion ou jamais, là. Si on organisait quelque chose, au cas où…

— Tu penches à quoi ? demanda Raphaël.

— On pourrait organiser une fête, répondit-il. Une super fête où on claquerait tout notre argent de poche avec nos amis.

Raphaël avala sa bouchée de hot-dog.

— Tiens, à ce propos, tu as pu prendre des nouvelles d'Aymeric ?

— J'ai essayé, mais ça n'a rien donné. Sa mère ne sait plus quoi faire. J'ai quand même réussi à l'entrevoir. Il a beaucoup maigri et refuse de consulter un médecin. En tout cas, tu avais raison, j'ai l'impression qu'il y a un rapport avec sa montre. Je lui ai juste dit qu'il avait une belle montre et là, il est parti en vrille et m'a quasiment jeté dehors.

— Il faut que j'aille le voir demain…

— Bon, alors, mon idée de fête, vous êtes OK ou pas ?

— Moi je suis d'accorrrd, dit l'écharpe de Raphaël.

— Moi aussi, répondirent en cœur les jumeaux.

— Alors, c'est adopté ! lança Arthur. Bloquez votre samedi soir. J'en connais une qui sera contente, c'est Suzanne. Je n'en peux plus de ses appels.

— Suzanne t'a téléphoné ? releva Raphaëlle en se raidissant.

— Ben je te signale qu'en ton absence, j'ai joué ton secrétaire. Le coup des pustules contagieuses, ça a très bien marché, sauf qu'après elle n'a pas arrêté de me harceler.

— Ah ouais, elle a fait ça !

On sentait une pointe d'exaspération dans sa voix.

— Oui, elle voulait m'inviter au ciné, chez elle, passer le week-end dans le château de ses parents. À la fin, je ne décrochais même plus. Ta messagerie doit être pleine.

— Alors là, elle va m'entendre… siffla-t-elle entre ses dents.

— Attends, t'es jalouse ou quoi ? intervint Raphaël.

— Non, non, pas du tout… Pourquoi je serais jalouse, d'abord ?

— Ben j'en sais rien, moi. En plus, je croyais que tu étais amoureuse d'Aymeric, que tu le trouvais trop stylé et tout le tintouin.

Les yeux de Raphaëlle lancèrent des éclairs. Elle se leva brusquement.

— T'es vraiment le mec le plus lourdingue de l'univers ! s'écria-t-elle.

Et elle partit d'un pas décidé, en larmes.

Les deux garçons échangèrent un regard déconcerté.

— Tu y comprends quelque chose ? demanda Raphaël.

— Mmmmh, j'ai ma petite idée…

— Moi, j'en tire une leçon : la plus grande énigme de l'humanité, c'est quand même les filles. Et ma sœur en particulier.

CHAPITRE 16
COMPTE À REBOURS

J-7

Le lendemain matin, Raphaël se rendit chez Aymeric à la première heure. Il passa par la boulangerie pour acheter une belle provision de viennoiseries, décidé à prendre son ami par l'un de ses points faibles : la gourmandise. Il sonna longuement à la porte. Et là, surprise, c'est Aymeric en personne qui lui ouvrit. Il était en pyjama et des cernes impressionnants accusaient les traits de son visage, fortement aminci.

— Hello ! lança Raphaël. C'est le livreur de chouquettes.

— Salut ! répondit Aymeric avec un sourire fatigué. Euh… entre.

— T'es tout seul ?

— Oui, mon père bosse et ma mère a repris le travail. Je vais mieux.

Raphaël lui asséna une tape amicale dans le dos.

— Extra, vieux ! Bon, on les boulotte, ces chouquettes ?

Ils allèrent dans la cuisine se préparer un chocolat chaud, qu'ils dégustèrent en silence. Quand Aymeric eut avalé la dernière chouquette et picoré les morceaux de sucre restés dans le sac, il poussa un soupir de contentement. Il s'affala sur le dossier de sa chaise, les yeux mi-clos.

— J'ai eu une mauvaise passe, avoua-t-il.

— Tu veux qu'on en parle ?

Aymeric fit non de la tête.

— OK, je n'insiste pas.

— Laurence Durel, elle… ne m'en veut pas trop ? s'inquiéta le garçon.

Raphaël eut un geste d'ignorance.

— J'étais malade la semaine dernière, mentit-il. Je n'ai pas mis les pieds au collège, donc pas de nouvelle. Mais je parie que ça a fait encore monter ta cote de popularité. Surtout chez…

Aymeric leva brusquement la main pour l'interrompre.

— Stop, c'est bon ! fit-il, avec une pointe d'agacement dans la voix.

Raphaël fixa son ami droit dans les yeux, décidé à percer l'abcès. S'il ne le faisait pas maintenant, il ne le ferait jamais.

— Je sais que ton coup de blues, c'est à cause de ça ! dit-il en pointant un index accusateur vers la montre d'Aymeric. Tu as dit à ta mère que je te l'ai offerte. J'aime pas qu'on m'utilise comme alibi. Si tu l'as piquée quelque part, je veux bien t'aider à t'en sortir, mais tu dois y mettre du tien, vieux !

Aymeric se raidit et son visage s'empourpra. D'une main nerveuse, il tira brusquement sur la manche de sa veste de pyjama pour cacher la montre.

— Si tu me parles encore une fois de ça, lâcha-t-il entre ses dents serrées, c'est fini entre nous. Définitivement.

Raphaël sentit qu'il ne bluffait pas. L'espace d'un instant, il songea que le plus simple, pour connaître la vérité, serait de l'hypnotiser. Mais il repensa à ce qu'avait dit Arthur, la veille : ce n'était pas correct de lire dans les pensées de ses amis. Alors, il décida de s'abstenir.

— Allez, on se calme, répondit-il finalement. Si tu changes d'avis, bipe-moi. La SSR est là pour ça. Et n'oublie pas que la stratégie de la tortue, c'est de la daube.

Aymeric se détendit un peu.

— Ouais, je sais, dit-il. Je te raconterai peut-être un jour, mais là, je préfère qu'on parle d'autre chose.

— Comme tu veux. Ça te dirait qu'on retourne voir Oran ensemble ?

— Pas tout de suite. Je ne m'en sens pas encore capable.

— Bon, OK. Et une fête, ça te tente ? On en organise une samedi prochain, avec Arthur et Raphaëlle.

— Pour fêter quoi ?

— Ben, Noël. Juste entre amis. Tu viendras ?

— Pourquoi pas…

— Ça veut dire oui ou non ?

— Faut que j'en parle à mes parents, mais… c'est une bonne idée.

— Cool. Casse ta tirelire, parce que ce sera une fête de… fin du monde.

Raphaël resta toute la matinée avec Aymeric, qui fit globalement assez bonne figure. De temps à autre, un nuage d'anxiété glissait sur lui, mais cela ne durait qu'un instant et il se reprenait aussitôt.

Quand il le quitta, Raphaël était rassuré au sujet de son ami. Il était sur la bonne voie. Encore quelques jours et il serait redevenu lui-même.

Le stromillon retrouva sa sœur dans la salle d'enquête, plongée dans la lecture du dernier rapport transmis par l'Œil.

— Du neuf ? demanda-t-il.

— On a détecté quinze nouveaux cas suspects âgés de treize ans, répondit Raphaëlle. Mais toujours aucune piste sérieuse…

J-6

Le bilan ne fut guère meilleur le lendemain. Régulièrement, Numéro 7 passait s'enquérir des progrès de l'enquête ; à chaque fois, il repartait plus inquiet.

Comme c'était un mercredi, jour de désoccultation, Arthur et les jumeaux se retirèrent dans le salon de l'hôtellerie vers dix-neuf heures trente.

Heureux de pouvoir faire une pause, ils attendirent l'heure fatidique en regardant les dernières nouvelles sur la chaîne *Séides-Infos*. Ils tombèrent justement sur un reportage consacré à la recherche du Margilin. Ils se virent tous les trois sur l'écran, en plein travail, avec les autres membres du Commando 37. Cette séquence fut suivie d'une interview de Sparadrap qui, à sa façon, raconta le combat contre le dragon (à l'entendre, saint Georges n'avait joué qu'un rôle secondaire), profitant de cette tribune pour exiger de meilleures conditions de travail pour le peuple komolk et réclamer une prime de Noël. Le reportage se poursuivit avec des images filmées aux quatre coins du monde, montrant des séides enquêtant sur les fameux cas suspects.

Dans un tout autre registre, le sujet suivant évoquait les grands projets de l'Organisation. D'une oreille distraite, les stromillons écoutèrent les commentaires d'un journaliste, envoyé spécial aux Émirats arabes unis :

« Comme vous pouvez le voir derrière moi, la construction de la dixième commanderie avance à très bon train, annonça-t-il en déambulant devant un alignement de grues, un casque de chantier sur la tête. Nous entrons dans la phase finale de ce chantier qui, aux dires même du Maëstrom, est le projet le plus ambitieux de l'Organisation depuis plusieurs décennies. Le mois prochain commenceront les travaux de construction du Louvre Abou Dabi qui, je le rappelle, servira de couverture à notre nouvelle base, au cœur du Moyen-Orient. L'inauguration de cette commanderie est prévue pour février prochain. Comme Numéro 3 l'a annoncé la semaine dernière sur notre antenne, cette cérémonie devrait être l'occasion de désigner un onzième chancelier. Et tout cela, bien sûr, sous réserve que la dernière prophétie de Nostradamus ne s… »

Raphaëlle éteignit la télévision.

— Si on veut se changer les idées, *Séides-Infos*, c'est pas le meilleur plan, lâcha-t-elle d'une voix amère.

Il était vingt heures, l'heure de la désocculation.

Ils ouvrirent leur manuel de stromillons pour regarder les scores affichés au compteur.

— Yes ! s'exclama Arthur. 31 PPDS en une semaine ! Et vous ?

— Je n'y crois pas, répondit Raphaëlle d'une voix blanche. Je suis passée d'un coup de 295 à 610 PPDS. J'ai gagné 315 points !

— Pareil pour moi, dit Raphaël. Maintenant, j'en suis à 534 PPDS.

Ils allèrent fêter ces belles performances à la cafétéria, oubliant ainsi, l'espace d'une soirée, la lune gibbeuse croissant inexorablement dans le ciel de décembre. Cette lune qui, bientôt, connaîtrait une éclipse qui risquait de signer la fin de l'humanité.

Une excellente nouvelle cueillit Raphaël à son réveil.

Bien qu'elle n'eût rien à voir avec l'enquête, elle le fit sauter de joie.

C'était une lettre :

Cher Raphaël,

Il y a près d'un an, je t'avais écrit à propos de Laurent, mon fils. Depuis, avec mon mari, nous avons beaucoup discuté. Et, souvent, sans qu'il le sache, je suis allée le voir à l'Institut. Il y a quelques jours, nos filles (elles ont six et huit ans) nous ont demandé pourquoi, régulièrement, nous pleurions. Alors, nous leur avons tout raconté. Nous redoutions beaucoup leur réaction : elle a été plus qu'excellente. La plus jeune de nos filles nous a même dit que le seul cadeau qu'elle voulait pour Noël, c'était son « grand frère différent ». Je voulais que vous soyez, toi et ton ami Aymeric, les premiers à apprendre la nouvelle : notre « grand voyage » a pris fin. Lundi, nous irons chercher Laurent pour qu'il fête le réveillon à la maison. Après, il restera définitivement avec nous, chez lui. Ce week-end, après avoir décoré le sapin, nous préparerons sa chambre. Voilà, c'est un petit miracle de Noël dans

lequel ton ami et toi avez joué un grand rôle. Mille
mercis et de très joyeuses fêtes à toi et ceux qui te
sont chers.

Une famille reconnaissante

Raphaël versa une larme d'émotion. Un bonheur profond l'inonda. Il téléphona aussitôt à Aymeric pour lui annoncer la bonne nouvelle et partagea sa joie avec Raphaëlle, Arthur et Cybille. Cette dernière, qui avait été longtemps voisine d'Oran, fut heureuse mais ne sembla pas surprise :

— Je le savais déjà… je l'ai… vu… avoua-t-elle, avant de préciser la liste de cadeaux qu'Oran recevrait pour Noël.

Cet événement suffit à égayer la journée du stromillon même si, pour le reste, la quête du Margilin ne progressa pas d'un pouce.

J-4

La matinée du vendredi fut éprouvante.

Elle commença par la présentation du rapport des professeurs Rochecourt et Quémeneur sur l'analyse du fragment de dragon rapporté par Sparadrap. Les expériences qu'ils avaient menées sur cet « échantillon de démon » (c'était l'expression employée par Constance Quémeneur) n'avaient malheureusement donné aucun résultat probant. Les deux spécialistes n'étaient donc pas en mesure de savoir si un komolk transformé en arme pouvait ou non détruire à coup sûr le Margilin.

Les membres du Commando 37 passèrent ensuite en revue les vingt-trois nouveaux cas suspects identifiés.

Heureusement, dans la soirée, une première piste intéressante fut signalée. En Chine, un touriste allemand certifiait avoir surpris une jeune fille en train de dessiner une colombe qui, selon son témoignage, aurait pris vie sur le papier avant de s'envoler. D'après le séide-enquêteur, la déclaration devait être considérée avec sérieux : une hypnose de l'Allemand avait démontré sa sincérité et la jeune Chinoise semblait avoir approximativement treize ans. Malheureusement, la fille avait disparu et demeurait introuvable. Il fut décidé d'envoyer des séides en renfort pour approfondir cette piste.

J-3

Le rendez-vous pour la fête organisée par Arthur avait été fixé à seize heures sous l'Arc de triomphe. Suzanne arriva les bras chargés de cadeaux, un bonnet de père Noël sur la tête.

— Heelllloooo !

Elle embrassa Arthur et Raphaël, puis marqua une petite hésitation devant sa meilleure amie.

— C'est vraiment fini, tes affreuses pustules ?

Raphaëlle colla sa joue contre celle de Suzanne et lui murmura dans l'oreille :

— Oui, mais je suis encore super contagieuse…

Il fallut cinq bonnes minutes pour la convaincre que c'était une blague.

Il manquait encore Aymeric.

— Bon, qu'est-ce qu'il fait ? finit par s'impatienter Suzanne en sautillant sur place. Ça caille, ici.

— Vingt minutes de retard. Tu es sûr qu'il vient ? s'enquit Arthur.

— Oui, il me l'a confirmé hier, répondit Raphaël. Je l'appelle.

Il composa le numéro de son ami et tomba sur sa mère. Il discuta quelques instants avec elle, avant de conclure :

— Bon, ben si vous arrivez à le voir, vous lui direz qu'il peut toujours nous rejoindre.

En raccrochant, il était vert de rage.

— Je rêve ! Il n'en a même pas parlé à ses parents. Et là, Monsieur est tranquillement dans sa chambre alors qu'on se pèle dans le froid à l'attendre. Tant pis pour lui.

Arthur leva une main apaisante.

— C'est Noël, alors on reste cool ! Écoutez plutôt le programme de la fête…

La journée fut un véritable festival. Cela commença par une razzia dans une boutique de bonbons. Ils écumèrent ensuite les boutiques des Champs-

Élysées, avant de faire dix tours d'affilée sur la grande roue de la place de la Concorde où, dominant Paris et sa somptueuse parure d'illuminations, ils échangèrent leurs cadeaux. Suzanne avait acheté trois cadeaux hors de prix à Arthur et une broutille pour les autres. Raphaëlle avait choisi pour son amie un masque souple de Robert Pattinson, et elle reçut d'Arthur quelque chose qui la toucha énormément : *Histoires de chevaliers*, ce fameux livre auquel il tenait tant et qui avait joué un rôle dans leur histoire d'amitié. Raphaël, lui, hérita d'un beau livre sur les grandes énigmes de l'histoire, de DVD et, cadeau de sa sœur, d'un guide pratique intitulé *Je suis balourd, mais je me soigne*.

Tôt dans la soirée, ils dînèrent dans une pizzeria avec, au dessert, de la mousse au chocolat à volonté. Puis la joyeuse bande se rendit à une grande fête foraine, en banlieue parisienne. Ils enchaînèrent presque toutes les attractions : ball-trap (où Raphaël gagna le gros lot : un crapaud répétant en boucle « Je suis ton père » avec la voix de Dark Vador), autos tamponneuses, grand huit… Suzanne insista beaucoup pour qu'ils aillent dans le tunnel de la terreur, où elle ne cessa de hurler et de se blottir en tremblant contre Arthur (même quand rien ne faisait peur), ce qui agaça fortement Raphaëlle.

Vers vingt-deux heures, malgré tout ce qu'ils avaient déjà avalé, les garçons eurent un « petit creux » et ils dînèrent une seconde fois, dans une baraque à frites.

— Et si on faisait un « action-vérité » ? proposa Suzanne.

— C'est complètement débile, ce jeu, rétorqua Raphaëlle.

— On est en démocratie, alors on vote ! Les mecs, vous êtes pour ou contre ?

— D'accord avec Raphaëlle, estima Arthur.

— Bon, alors juste « vérité », concéda Suzanne. Je commence. Les garçons, c'est quoi votre genre de fille ? Vous êtes obligés de répondre.

Elle avait posé sa question le regard braqué sur Arthur.

— Ben… moi en fait, commença Raphaël, je dirais que ce serait plutôt le genre…

— Ah, OK ! le coupa Suzanne. Et toi, Arthur ?

Le garçon se laissa quelques instants de réflexion avant de lâcher :

— Sincère, cool, intelligente, généreuse, profonde, pas grande gueule…

— Ton portrait craché ! lança Raphaëlle à son amie.

Avec deux doigts, Suzanne remonta les coins de sa bouche pour simuler un sourire.

— Morte de rire, dit-elle.

Puis se tournant vers Arthur :

— Non, mais sérieusement…

— Je suis très sérieux.

— D'accord, mais je veux dire, physiquement, ta petite amie, tu la verrais comment ?

— Petite amie ? Rien à secouer d'une petite amie. Je préfère attendre de trouver la femme de ma vie. À quoi elle ressemblera ? J'en sais que dalle. Et je m'en fiche, d'ailleurs : elle sera forcément la plus belle puisque je l'aimerai. Alors, je me battrai pour essayer de conquérir son cœur, tu sais, genre *Roman de la Rose* ou *Héloïse et Abélard*. Et puis on aura plein d'enfants et on continuera à se tenir la main même quand on sera tout vieux et tout cassés.

— Là, tu blagues…

— Pas du tout.

Suzanne prit un air consterné. Elle se pencha vers Raphaëlle – qui arborait un petit sourire ravi – et lui murmura à l'oreille :

— Il a reçu une flèche empoisonnée au rajadja ou quoi ?

— Non, je suis sûre qu'il pense ce qu'il dit.

— Bon, ben dans ce cas, je crois que j'ai plus de chances avec Robert Pattinson… conclut Suzanne dans un soupir.

Raphaël, exclu de la discussion, promenait son regard autour de lui en terminant ses frites. Son attention tomba soudain sur une enseigne lumineuse : *Le fil d'Ariane*.

— Ça vous dirait, un labyrinthe ? proposa-t-il. C'est le seul truc qu'on n'a pas fait.

— Bof… fit Suzanne.

— Moi ça me botte, répondit Arthur.

— Allez-y, je reste avec Suzanne, dit Raphaëlle.

Les garçons payèrent leurs tickets d'entrée juste avant que l'attraction ne ferme. Ils déambulèrent longtemps dans le dédale de vitres et de miroirs, se cognèrent, eurent plusieurs crises de fou rire. Ils finirent par se perdre totalement. Dans un cul-de-sac, alors qu'ils étaient entourés de glaces reflétant leur image à l'infini, Raphaël interpella son ami :

— Attends, ferme les yeux…

Arthur obéit.

— Maintenant, regarde dans le miroir… Tu vois mon reflet ?

— Presque pas, répondit Arthur. Mais je devine quand même tes contours et on voit ton oreille et un peu tes cheveux.

— Et maintenant ?

— Là, ton vibratoire est impec ! apprécia Arthur. Zéro reflet. En fait, ça ne m'étonne pas : j'ai toujours su que t'étais un démon…

Raphaël réapparut, fier de lui.

— Bon, maintenant, il faut trouver la sortie… dit-il en partant, les bras tendus devant lui pour éviter de s'écraser encore le nez sur une vitre.

Son ami, lui, était resté figé, face au miroir.

— Alors, tu viens ? dit Raphaël en réalisant qu'il n'était pas suivi.

Arthur se retourna lentement, une expression bizarre sur le visage.

— Le Margilin ! s'exclama-t-il, les yeux flamboyants. On le tient !

Chapitre 17
Sur la piste du Margilin

J-2

Numéro 7 et les membres du Commando 37 observaient en silence les préparatifs d'Arthur. Il avait disposé sur la table deux caméras et un miroir sur pied.

— Je vous explique, commença-t-il. La première caméra, je la braque sur vous, professeur Quémeneur. Soleil, tu peux afficher l'image ?

Le buste de Constance Quémeneur apparut sur le grand écran.

Arthur manipula le miroir, ajusta l'autre caméra, puis reprit :

— Maintenant, l'autre caméra vous filme également, mademoiselle, mais par le biais du miroir. Soleil, montre-nous les deux images côte à côte.

Il procéda à quelques réglages jusqu'à ce que les deux visuels, sur l'ordinateur, soient exactement identiques.

— Parfait, fit-il. Maintenant, Soleil, tu vas comparer les deux premières images en les superposant. Tu affiches en blanc ce qui est pareil et en noir les différences.

Une troisième image, entièrement blanche, apparut sur l'écran d'ordinateur.

Arthur hocha la tête d'un air satisfait.

— Vous voyez, c'est comme un jeu des sept erreurs. Sur l'écran n° 3, on ne voit que les différences. Là, c'est normal que ce soit tout blanc : il n'y en a aucune.

— Ça prouve que vous avez un visage parfaitement symétrique, chère Constance, fit observer le professeur Rochecourt.

— Maintenant, Soleil, reprit Arthur, tu vas imaginer que mademoiselle Quémeneur est un démon, donc qu'elle n'a pas de reflet.

Se tournant vers la séide, il ajouta avec un sourire gêné :

— Désolé, c'est juste pour ma démonstration.

Alors, l'image blanche se teinta de noir et la silhouette du professeur Quémeneur se détacha très nettement sur l'écran.

Autour de la table, tout le monde avait compris où Arthur voulait en venir, mais on le laissa achever son propos.

— Mon idée, c'est ça, conclut-il. L'Organisation a des tas de caméras dans le monde qui filment des endroits bondés. Je me suis dit qu'en ajoutant à chaque point de contrôle une deuxième caméra et un miroir, et en surveillant les différences, on pourrait repérer le Margilin s'il venait à passer. Une sorte de jeu des sept erreurs à l'échelle mondiale, quoi. Voilà, c'est tout.

Il promena un regard anxieux sur l'assistance pour guetter les réactions.

Numéro 7 esquissa un sourire.

— Votre idée est simplement brillante, jeune homme, dit-il en accompagnant ses compliments d'un petit applaudissement.

Puis, s'adressant au directeur de l'Œil :

— Techniquement, combien de temps cela prendrait ? demanda-t-il.

— Nous avons plus de huit mille caméras de surveillance à travers le monde, rappela Bjorn Gorblurg. Il faut rassembler le matériel, puis installer le dispositif. Le tout sans attirer l'attention, bien sûr. Nous serons hors délais. Je rappelle que toutes nos équipes sont pour l'instant mobilisées sur la recherche des cas suspects.

— Et si nous stoppons les enquêtes ?

— Si toutes nos forces sont concentrées là-dessus, c'est jouable. Mais ça prendra quand même quelques heures. Peut-être quelques jours pour tout couvrir.

— Dans ce cas, ne perdons pas de temps : passez immédiatement la consigne ! ordonna le chancelier. Quant à moi, je vais avertir le collège. Action !

Quelques heures plus tard, un peu partout dans le monde, de faux techniciens, munis de faux certificats, débarquèrent dans les aéroports, les gares, les grands magasins, les sites touristiques, les musées ou les monuments pour installer de nouvelles caméras, reliées aux systèmes de surveillance de l'Organisation.

Les Yeux des neuf commanderies s'étaient coordonnés afin que les résultats soient centralisés dans l'ordinateur Soleil.

J-1

En attendant les résultats de l'ingénieux dispositif imaginé par Arthur, les membres du Commando 37 décidèrent d'organiser un réveillon de Noël. Un sapin fut dressé dans un coin de la salle d'enquêtes, orné d'une simple guirlande dénichée par Anatole Carambole.

Vers vingt-trois heures, Olympe, mis au courant par le bibliothécaire, arriva coiffé d'une toque de cuisinier en poussant devant lui un chariot couvert de victuailles.

— Je vous ai préparé ma spécialité, clama-t-il. Escargots de Bourgogne en nage persillée !

Il était suivi de Cybille, qui apportait une magnifique bûche meringuée au chocolat. Ils partagèrent le repas dans la bonne humeur. Les jumeaux en profitèrent pour proposer au professeur Fleurette de rejoindre le Commando 37.

— J'accepte volontiers de venir *grossir* vos rangs !
dit-il avec un clin d'œil.

— Nous serons treize, fit remarquer Trippletoe.
Comme dans la prophétie.

— Plus le Margilin, ça fait quatorze, observa Raphaëlle.

Au pied du sapin, il n'y avait qu'un cadeau. Un
gros paquet de fortune, grossièrement fermé par un
bout de ficelle.

— C'est pour toi, Sparadrap, dit Raphaël.

Le komolk bondit dessus, arracha le papier et
frétilla de joie en découvrant un bel assortiment de
trombones, de clous rouillés et de fermetures Éclair.
Il se réfugia au bout de la table, assis, son butin entre
les jambes pour avaler goulûment les friandises métalliques par poignées entières.

Raphaël regarda sa médaille de saint Georges, puis
Sparadrap, avec un air de dégoût amusé.

— J'ai vraiment du mal à imaginer que l'arme
mythique de saint Georges, c'est cet affreux machin,
là.

— Chieurrr Rrrraphaël ferrra un pièctrrre chéide…

H-21

Au beau milieu de la nuit, Tristan en était à son
cinquième café quand la voix suave de Soleil résonna
soudain dans la pièce :

— Je reçois les premières images, annonça-t-elle.

— Le Margilin ? demanda Raphaëlle, tirée de son demi-sommeil.

Arthur, occupé à faire des pompes pour se maintenir éveillé, se releva brusquement.

— Non, rien d'intéressant pour l'instant, répondit l'ordinateur. Je vous préviendrai.

H-19

Hormis Numéro 7 qui ne cessait de tourner dans la pièce comme un lion en cage, tout le monde s'était assoupi. Il fallut que Soleil augmente le volume sonore de sa voix électronique pour réveiller la salle (et couvrir les ronflements assourdissants d'Olympe).

— Je capte un signal ! annonça l'ordinateur.

Quatorze têtes se levèrent pour regarder l'écran.

Trois images venaient de s'y afficher. Sur les deux premières, on voyait une foule compacte qui se pressait sur un marché. Elles semblaient parfaitement identiques. À un détail près, mis en évidence sur la troisième image où figurait une petite silhouette noire se détachant nettement du fond blanc.

— Photo extraite de la caméra de surveillance n° 1 134. Références : Australie – Sydney – marché « The Rocks ».

— Fais-nous un zoom sur notre *sans-reflet*, demanda Alexandre Giboise.

Soleil obtempéra et une quatrième image apparut, présentant le personnage mystère en gros plan. C'était un marchand de barbe à papa.

— Ce n'est pas le Margilin, conclut immédiatement le moine.

— Pourquoi ? s'enquit Arthur.

— Parce que je le vois sous les traits d'un affreux bonhomme.

Numéro 7 eut un sourire.

— Et qu'est-ce qu'un démon peut bien faire là, à vendre des barbes à papa ? s'étonna Raphaël.

Giboise eut un geste d'ignorance.

— Ce n'est pas forcément un démon, objecta Anatole Carambole. Ça peut tout aussi bien être un ange. Votre dispositif, Arthur, permet de repérer tous les Spirituels, quelle que soit leur essence.

Au cours des heures qui suivirent, des dizaines de sans-reflets du même type furent ainsi repérés, sur tous les continents. Mais aucun n'avait le profil du Margilin.

— L'Organisation a toujours pensé qu'anges et démons se mêlaient aux humains mais, cette fois, nous en avons la preuve formelle, finit par déclarer Constance Quémeneur.

— Je n'aurais jamais imaginé qu'ils fussent si nombreux à nous infiltrer… ajouta Giboise en dodelinant gravement de la tête.

— Nous sommes sur la bonne voie, estima Numéro 7. Ne perdons pas courage...

H-9

Cybille murmura à l'oreille de Raphaël.

— Ton... téléphone va sonner.

Effectivement, trois secondes plus tard, son portable vibra dans sa poche. Il sortit de la pièce pour ne pas déranger les autres.

— Allô ?

— Bonjour Raphaël, c'est la maman d'Aymeric. Il... il ne serait pas avec toi, par hasard ?

— Euh... non, madame.

— Ah...

Elle semblait très inquiète.

— Il est parti ce matin sans nous prévenir. Depuis, pas de nouvelles. Et son portable est sur messagerie.

— Il va revenir, tenta de la rassurer Raphaël. Je peux essayer de le joindre, si vous voulez.

— Ce serait gentil. Peut-être qu'il te répondra, à toi...

— Si c'est le cas, je vous rappelle.

— Merci, Raphaël. Et joyeux Noël !

— Joyeux Noël à vous aussi.

Raphaël raccrocha.

— Il choisit bien son moment, celui-là... bougonna-t-il.

Il composa le numéro d'Aymeric, tomba directement sur sa messagerie et lui laissa un message incendiaire.

— Et si tu ne me rappelles pas tout de suite, je serai obligé de tout raconter à tes parents au sujet de la montre ! menaça-t-il.

H-7

— Tiens, ce sans-reflet là, il te ressemble, lança Raphaëlle en adressant un clin d'œil à Arthur.

Soleil venait d'afficher une énième série d'images.

— Tu trouves que j'ai l'air d'une gonzesse ? répondit son ami d'une voix lasse, avachi sur la table, le menton reposant sur ses bras croisés.

Numéro 7 sursauta comme si un taon venait de le piquer.

Il bondit de sa chaise et, à grandes enjambées, gagna l'écran d'ordinateur. Il pointa d'un doigt fébrile la dernière image qui zoomait sur le sans-reflet en question :

— Vous voyez un homme, là ? demanda-t-il à Raphaëlle.

— Ben… oui.

— Moi je vois une femme, dit-il. Charmante, d'ailleurs.

Puis, se tournant vers les autres :

— Qui voit une femme ?

Toutes les mains se levèrent, sauf celles de Raphaëlle et de mademoiselle Quémeneur.

— Crénom de Margilin ! tonna Olympe. Cette fois, c'est lui !

— Où a été prise cette image ? s'enquit Numéro 7. Et quand ?

— Photo extraite de la caméra de surveillance n° 4 189, répondit Soleil. Références : Israël – Tel Aviv – Aéroport international Ben Gourion. Prise il y a exactement une minute et quarante-trois secondes.

Le chancelier se tourna vers le chef de l'Œil :

— Bjorn, ordonna-t-il d'une voix impérieuse, il ne faut pas qu'on le perde de vue. Nous devons savoir où il va.

— Je préviens nos agents sur place, obtempéra le séide en dégainant son téléphone.

— Je m'occupe de lancer une surveillance satellite, ajouta Tristan.

La salle d'enquêtes était devenue une véritable ruche. Tout le monde s'agitait, s'interpellait, criait des ordres. Numéro 7 sortit en trombe :

— Tenez-vous prêts ! s'écria-t-il avant de disparaître. Départ dans quinze minutes !

Raphaël était le seul à rester calme. Il s'approcha de Soleil pour observer de plus près la première image, une prise de vue générale plongeant sur un hall d'aéroport noir de monde.

Quelque chose l'intriguait.

— Soleil, pourrais-tu faire un zoom sur les gens autour du Margilin ?

L'ordinateur fit ce qui lui était demandé et, aussitôt, Raphaël eut un haut-le-corps.

— Je suis un gros nul ! s'exclama-t-il. J'aurais dû y penser plus tôt !

Encadrant le Margilin (que Raphaël voyait sous les traits d'une jeune fille ressemblant vaguement à Laurence Durel), il y avait un groupe d'adolescents. Sept filles et six garçons. Et l'un de ces garçons n'était autre qu'Aymeric.

H-5

Le jet privé de l'Organisation survolait la Méditerranée avec, à son bord, les quatorze membres du Commando 37.

— C'était pourtant évident ! pesta Raphaël. Ce n'était pas normal qu'il plaise comme ça aux filles. Sa montre, c'est forcément un des cadeaux maudits du Margilin.

— Ouais, la montre-séduction-qui-fait-tomber-les-filles-comme-des-mouches, dit Arthur.

— Tu as eu le temps de prévenir ses parents ? demanda Raphaëlle.

— Oui, je leur ai raconté des salades : il m'a appelé, il avait besoin de prendre l'air, de s'évader un peu, mais ne vous inquiétez pas, rien de sérieux, je vous le ramène demain. Franchement, j'espère que tout ça se terminera bien…

Tristan s'immisça dans leur conversation.

— Dans le groupe des treize, il y avait aussi la petite Chinoise, dit-il. Celle qui a donné vie à son dessin de colombe.

— Tiens, au fait, il ressemblait à quoi, pour toi, le Margilin ? demanda Raphaëlle à son parrain.

— Tu es bien indiscrète, répondit Tristan en fermant son esprit pour éviter que la stromillonne n'y capte le portrait d'Élise, son amour secret.

— Et toi, Sparadrap ? lança Raphaël. Attends, laisse-moi deviner… Mmmmh, je sais : à une fermeture Éclair géante !

Numéro 7 leva une main pour réclamer le silence. Un message lui était envoyé dans son oreillette. Il se pencha sur la carte déployée devant lui.

— Ils ont tourné. Ils sont là, dit-il en pointant un emplacement précis.

Puis, se tournant vers Alexandre Giboise :

— Contrairement à ce que nous pensions, ils ne vont pas à Nazareth, ajouta-t-il. Ils se dirigent vers… Megiddo.

— L'Œil vient justement de me signaler une sorte de tremblement de terre sur Megiddo, intervint Bjorn Gorblurg.

Le moine ferma les yeux et hocha la tête, l'air grave :

— « Car ce sont des esprits de démoniaques qui opèrent des prodiges, récita-t-il d'une voix profonde. Ils vont trouver les rois de toute la terre afin de les concentrer pour le combat du grand jour du Dieu tout-puissant. Ils les rassemblèrent au lieu dit en hébreu… Har-Magedon. »

— Qu'est-ce que c'est ? demanda Raphaël.

— Apocalypse selon saint Jean, chapitre 16. Ce texte évoque la fin des temps. Et Armageddon, cela se traduit par « colline de Megiddo »…

H-2

Il faisait nuit quand l'avion atterrit. Une fourgonnette à vitres fumées attendait sur le tarmac de l'aéroport, les phares allumés. Le Commando s'y engouffra et le véhicule démarra sur les chapeaux de roue.

Ils prirent l'un des principaux axes routiers du pays, filant plein nord le long de la côte. La circulation était dense et, bientôt, ils furent coincés dans un embouteillage.

— Prenez la bande d'arrêt d'urgence, ordonna Numéro 7 au chauffeur.

Ils dépassèrent une longue file de voitures à l'arrêt, récoltant des dizaines de coups de klaxon d'automobilistes furieux.

Ces encombrements franchis, ils entendirent les sirènes hurlantes d'une voiture de police lancée à leur poursuite.

— Je les sème ? demanda le chauffeur.

— Non, arrêtez-vous, décida le chancelier. Sinon, ils nous bloqueront plus loin à un barrage ou, pire, ils nous prendront pour des terroristes et nous canarderont.

Le véhicule s'immobilisa sur le bas-côté. Tristan s'occupa d'hypnotiser les policiers, mais l'épisode leur fit perdre dix précieuses minutes.

— Pas d'excès de vitesse, conseilla Olympe. Évitons d'attirer l'attention.

Assis sur la banquette arrière, les jumeaux et Arthur étaient silencieux. Apocalypse, Armageddon, fin du monde… ces mots résonnaient encore dans leur esprit, accéléraient les battements de leur cœur.

Raphaël colla son nez sur la vitre, s'efforçant de ne penser à rien d'autre qu'au paysage défilant à vive allure.

— Aujourrrd'hui c'est pleine lune, dit soudain Sparadrap qui, transformé en ceinture, lui ceignait la taille.

— Je ne le sais que trop.

— Alorrrs, j'ai faim.

— Là, excuse-moi, mais c'est vraiment pas le moment. Tu fais… ceinture.

Cela fit rire Alexandre Giboise qui, assis à l'avant, égrenait son chapelet à voix basse.

Le trajet dura une heure.

— Nous arrivons, annonça finalement le chauffeur.

La fourgonnette se gara et tout le monde en sortit.

La colline de Megiddo s'élevait devant eux, dominant d'une vingtaine de mètres l'immense plaine alentour. On apercevait, sur son sommet, les vestiges archéologiques qui, sous le regard de la pleine lune, semblaient d'argent.

— Je connais bien cet endroit, dit Alexandre Giboise. Tout est comme d'habitude… excepté ça !

Il tendit son bras pour désigner un trou ovale, à mi-hauteur de la colline. On aurait dit une blessure, comme si une lance de géant avait percé le flanc du tertre.

À vive allure, le groupe parcourut la distance qui le séparait de ce point.

Le tunnel n'était pas ordinaire. On n'observait aucune trace de creusement.

— On dirait que la terre s'est écartée pour ouvrir un passage, murmura Tristan, résumant parfaitement le sentiment de tous.

— Oui, et j'ai bien peur de deviner ce qu'il y a au bout, ajouta Alexandre Giboise, dont les traits s'étaient soudain crispés.

Un rougeoiement inquiétant montait des profondeurs.

Raphaël jeta un dernier regard sur l'étendue couleur de suie du ciel, où brillait le rond parfait de la lune. Il eut un pincement au cœur. Comme un mauvais pressentiment…

Puis il s'engouffra avec les autres dans le souterrain.

CHAPITRE 18
Géhennion

Le souterrain, rectiligne, descendait en pente douce. Il y régnait une chaleur moite. En file indienne, le groupe s'avança, tous les sens à l'affût. Numéro 7 ouvrait la marche. Il tenait une lampe à la main, mais n'eut pas besoin de l'allumer : la source de lumière qui leur parvenait des profondeurs était suffisante pour éclairer leurs pas.

Quand ils eurent couvert la moitié de la distance qui les séparait du foyer lumineux, le chancelier leva un bras pour faire signe à ses compagnons de s'arrêter. Il se mit aussitôt en état vibratoire et partit en éclaireur.

Sa silhouette réapparut peu de temps après, au bout du tunnel, se découpant sur le fond rougeoyant.

Tristan en tête, le Commando 37 rejoignit Numéro 7 au seuil d'une salle qui devait se situer au cœur de la colline de Megiddo et dont le décor semblait tout droit sorti d'un cauchemar. Sur les parois, des dizaines de gargouilles grimaçantes crachaient des flammes folles. Les jeux d'ombres chinoises créaient une ambiance terrifiante, donnant l'impression que les murs étaient vivants et que des créatures ténébreuses y rampaient ou y dansaient furieusement.

Fermant la salle souterraine, un haut-relief monstrueux, taillé dans une roche noire, faisait face à l'axe d'arrivée. La sculpture, aux dimensions extravagantes, représentait un crâne mi-humain, mi-animal, dont les orbites obscures semblaient scruter les nouveaux arrivants. La bouche était démesurément ouverte en une sorte d'épouvantable cri silencieux.

— Si le mec qui a construit ça cherchait à nous faire flipper, ben… c'est réussi, chuchota Arthur.

Il avait beau être courageux, le spectacle lui donnait une furieuse envie de prendre ses jambes à son cou.

— C'est l'entrée de l'enfer ou quoi ? demanda Raphaël.

— L'enfer n'est pas un lieu matériel, mais spirituel, répondit Alexandre Giboise. Cependant, ce n'est guère mieux… L'endroit où nous sommes est très certainement l'entrée d'un *géhennion*. L'un des cinq.

— Je crains que vous n'ayez raison, confirma Anatole Carambole. Cela correspond exactement à la description que l'on trouve dans le *De Infernis*.

— Vous pouvez traduire ? supplia Raphaëlle.

— *De Infernis* est le texte le plus occulte existant au monde, expliqua le bibliothécaire. Il a été écrit il y a mille ans par un exorciste, sous la dictée d'un homme possédé par un démon. Nous possédons l'unique exemplaire de ce manuscrit. Il révèle tellement de choses en matière de démonologie que certains lui ont même donné le nom d'*Évangile du diable*. Le dernier chapitre raconte que, après sa chute, Satan a enfoui cinq secrets en des emplacements dont seuls lui et ses plus proches lieutenants ont connaissance. Ces lieux, appelés *géhennions*, sont des sortes d'enclaves de l'enfer, chargées d'une magie noire extrêmement puissante.

— De mieux en mieux… marmonna Raphaël, qui avait bien du mal à empêcher ses jambes de flageoler.

— Et le secret caché dans le géhennion où nous sommes, ajouta Numéro 7, est sans aucun doute la boîte de Pandore. Quoi qu'elle contienne et quoi qu'il nous en coûte, nous devons empêcher le Margilin de l'ouvrir.

Il consulta sa montre avant d'ajouter :

— L'éclipse va commencer dans moins d'une demi-heure, alors, pressons-nous.

Il s'avança dans la salle en marchant sur ce qui ressemblait à un sol en pisé composé de centaines de grosses pierres blanches, rondes et bombées.

— Faites gaffe, les galets sont glissants, prévint Raphaëlle qui s'était engagée à sa suite.

Crrrac ! L'une de ces pierres (visiblement creuses) céda sous le poids d'Olympe.

— Ce ne sont pas des galets, dit-il platement en se relevant. Ce sont des crânes enterrés…

L'échine de Raphaëlle fut parcourue par un long frisson.

Surmontant leur dégoût, les membres du commando piétinèrent le parterre de restes humains jusqu'à la bouche du crâne titanesque qui ouvrait sur un escalier.

— Quand nous aurons pénétré dans la bouche, nous communiquerons mentalement, ordonna Numéro 7. Je passe le premier.

Il fit trois pas en avant mais, arrivé au seuil de la cavité buccale, il se heurta à un mur invisible qui le repoussa violemment en arrière. Il fit une seconde tentative, avec le même résultat. Tristan, Bjorn et Olympe tentèrent l'expérience à leur tour, sans plus de succès.

— Il ne manquait plus que ça, conclut amèrement le chancelier. Un barrage répulsif. Y a-t-il un moyen de le franchir ?

Le moine esquissa un geste d'impuissance.

— Sûrement, mais je suis bien incapable de vous dire comment, répondit-il. Ce type de magie noire est régi par des règles dont nous ignorons tout. Cela peut être un simple mot de passe, ou quelque chose de très différent.

— Alors dépêchons-nous de trouver parce qu'il nous reste exactement vingt-sept minutes, rappela Numéro 7.

John Trippletoe, Bjorn Gorblurg, Olympe et les professeurs Rochecourt et Quémeneur se rapprochèrent du moine et du bibliothécaire pour en discuter. Pendant ce temps, Tristan et Numéro 7 se lancèrent dans un examen minutieux de la sculpture géante, dans l'espoir d'y déceler quelque inscription ou indice.

— C'est quand même ballot de se retrouver bloqués si près du but, lâcha Arthur.

À leur tour, les stromillons se lancèrent à la recherche du sésame, séparant la salle en trois zones que chacun partit inspecter.

Après avoir gaspillé plusieurs précieuses minutes en recherches infructueuses, Numéro 7 et Tristan rejoignirent les autres séides.

— Des idées ? s'enquit le chancelier.

— Constance a une hypothèse intéressante, répondit le professeur Rochecourt.

— J'écoute.

— Ce passage a été franchi par le Margilin, mais également par des humains, expliqua la séide. De deux choses l'une : soit le barrage répulsif a été activé après leur passage, et dans ce cas il faut effectivement trouver le bon code d'accès ; soit les humains en question ont tous un point commun qui leur a permis de franchir le champ de force. Et ce point commun pourrait être…

— Leur âge, acheva Tristan. Les *treize des cinq méridiens et de treize…*

— Et sauf erreur de ma part, reprit mademoiselle Quémeneur, les seuls à avoir treize ans ici, ce sont les jumeaux Chêne.

— Ça vaut le coup d'essayer, concéda Numéro 7.

Tristan se raidit.

— Hors de question !

— Il n'est pas sûr que ça marche, mais nous avons le devoir de tout tent…

Une interjection fusa :

— Eh !

Olympe pointait un bras en direction du crâne noir.

Les jumeaux, sans attendre, venaient de franchir avec succès la barrière invisible.

— On peut confirmer que ça marche, lâcha Raphaëlle de l'intérieur.

— Revenez ! ordonna leur parrain.

— Désolés, mais… non ! répondit Raphaël.

Et les jumeaux disparurent, avalés par la bouche obscure.

L'estomac noué, Raphaëlle et Raphaël descendirent l'escalier qui plongeait en spirale dans les entrailles de la terre. Devant eux, comme derrière, régnait une obscurité totale. Mais à leur niveau, un étrange halo lumineux les entourait, qui semblait sourdre des murs. Une lueur jaunâtre et froide qui les suivait au fur et à mesure de leur progression, comme devinant leur présence.

Après une descente interminable, l'escalier prit fin, ouvrant sur un long couloir au bout duquel brillait une lumière vive.

Des éclats de voix leur parvinrent.

— *Télépathie à partir de maintenant,* rappela Raphaëlle. *Et on se met en vibratoire.*

— *Ça roule. On se tient la main, histoire de bien rester ensemble.*

La vérité, c'est qu'ils étaient tous les deux morts de peur, et leurs mains étaient moites et tremblantes.

D'un pas aussi léger que possible, ils s'avancèrent dans le couloir qui menait au cœur du géhennion.

La beauté du diable…

C'est l'expression qui leur vint spontanément à l'esprit quand, arrivés au bout, ils passèrent brutalement des ténèbres à l'éblouissement.

Car le lieu qui s'offrit à leur regard était d'une beauté à couper le souffle : une immense cavité sphérique, hérissée de cristaux géants aux teintes chaudes allant du jaune pâle au rouge vif ; une fantastique géode constellée de flammes pétrifiées composées de rubis, de diamants et autres pierres précieuses aux dimensions proprement extravagantes.

Les jumeaux ne purent s'empêcher de cligner des yeux en découvrant cette féerique fournaise minérale, brillant de mille feux.

— Dixième sceau ! lança une voix en contrebas, qui les tira de leur contemplation.

Une voix masculine pour les oreilles de Raphaëlle, féminine pour celles de son frère.

Ils baissèrent les yeux.

Sur le marbre d'une large dalle circulaire était dessinée une grande étoile formée de serpents enlacés. À l'extrémité de chaque branche se tenait un garçon ou une jeune fille, debout. Ils étaient treize, tous pétrifiés de terreur. Parmi eux, et même s'il leur tournait le dos, les jumeaux reconnurent Aymeric.

Une sorte de table ou d'autel en or massif se dressait au milieu de l'étoile à treize branches. Posée dessus, il y avait une boîte rectangulaire, en bois, entourée de cordelettes de feu, chacune fermée par un sceau de cire. Treize cordelettes au total, dont dix étaient déjà descellées…

La cérémonie avait commencé.

Le Margilin était là, magnifiquement beau (ou magnifiquement belle, selon le point de vue), vêtu d'une cape rouge à collerette. Il virevoltait autour de l'autel dans une danse frénétique proche de la transe, riant furieusement ou lançant des incantations dans une langue atroce que les babels étaient incapables de traduire.

Puis, soudain, le démon s'immobilisa, les bras tendus vers l'une des jeunes filles. La jeune Chinoise.

— À toi, ma jolie fée de porcelaine.

Fang fit non de la tête, tremblant de tous ses membres.

— Tu n'as pas oublié notre petit marché, dit le Margilin d'une voix enjôleuse. Souviens-toi : je t'ai donné un très beau cadeau. Tu dois maintenant offrir à notre maître une simple goutte de ton sang.

— Et si… je refuse ?

— Tu connais déjà la réponse, ma douce. Allons, viens, ne me déçois pas. J'attends ce moment depuis si longtemps…

La Chinoise baissa la tête, refusant obstinément d'obéir.

— Voilà qui me navre. Vraiment. Ainsi, ton brave père va mourir. Par ta faute.

— Ne faites pas ça ! supplia Fang.

— Alors, tiens ta promesse, ma jolie, et tout ira bien.

— Je n'ai rien promis ! s'insurgea-t-elle. Aucun de nous ne vous a rien promis !

— Si tu refuses d'offrir une goutte de ton sang pour sauver la vie de ton père, c'est ton choix. Tu as cinq secondes pour te décider.

Fang savait sa rébellion vaine. Elle était piégée. Comme un automate, elle s'avança jusqu'à l'autel.

Le Margilin l'y rejoignit avec un sourire triomphant. Il caressa le bras de la jeune fille depuis l'épaule jusqu'à l'extrémité de ses doigts puis, d'un geste brusque, saisit sa main et la retourna, paume vers le haut.

Elle poussa un cri de douleur.

Le beau démon n'en eut cure. Des flammes dansaient dans ses yeux. Il replia lentement quatre doigts de sa main libre, ne laissant dressée que la griffe qui lui tenait lieu d'auriculaire. D'un mouvement sec, il entailla l'avant-bras de Fang.

Une goutte de sang perla.

Le Margilin tordit le poignet de la jeune fille pour mettre la blessure en contact avec l'un des trois sceaux encore fermés. La goutte de sang fut aspirée par la cire et, aussitôt, le démon relâcha son étreinte.

— Tu peux retourner à ta place, ordonna-t-il à la Chinoise qui s'éloigna prestement en se tenant l'avant-bras.

D'une voix qui n'avait plus rien d'humain, le Margilin récita de nouvelles incantations. Le sceau se mit à briller, puis à fondre, libérant la cordelette de feu.

— Onzième sceau ! triompha le démon.

Il reprit sa danse endiablée autour de l'autel, tournant sur lui-même, riant comme un forcené.

Fang, raide comme un cierge, en profita pour tourner légèrement sa tête vers Aymeric. Leurs regards se croisèrent. La jeune fille écarquilla les yeux de façon insistante, comme si elle attendait de lui quelque chose en particulier.

Aymeric savait parfaitement ce qu'il devait faire. Ce qu'il aurait déjà dû faire. Mais voilà, il était paralysé par une peur terrible, plus forte que tout.

Pendant le trajet entre l'aéroport de Tel Aviv et la colline de Megiddo, il s'était retrouvé assis à côté de Fang. Elle ne comprenait ni le français ni l'anglais, et lui ne parlait pas un mot de chinois. Ils avaient pourtant réussi à se comprendre. Sans doute parce qu'ils avaient vécu le même calvaire. Ensemble, communiquant par gestes et chuchotements, ils avaient imaginé un plan. À l'aide de son pinceau magique, Fang avait dessiné un pistolet, puis des balles. Une arme magique qu'Aymeric retournerait à la première occasion contre leur satané bourreau.

Une occasion qui s'était plusieurs fois présentée, mais que le garçon n'avait pas eu la force de saisir.

C'était maintenant ou jamais.

Bientôt, il serait trop tard.

Il tenta de se raisonner en se disant que, de toute façon, il ne fallait pas se faire d'illusion. Que cette belle tortionnaire était un monstre. Et qu'elle n'aurait aucun scrupule à se débarrasser d'eux treize aussitôt qu'ils ne lui seraient plus utiles. Pour l'instant, elle avait encore besoin d'eux. En tout cas, des deux derniers qui n'avaient pas donné leur sang. Et Aymeric était l'un de ces deux-là.

Il repassa dans sa tête des souvenirs agréables pour se donner du courage, respira à fond… et fit un pas en avant. Son pouls s'accéléra. Une peur irrépressible lui tordait le ventre. Mais, cette fois, il tint bon.

— HÉ, L'AFFREUSE ! cria-t-il avec un air de défi.

Le Margilin interrompit sa danse et, lentement, se tourna vers Aymeric.

Elle était tellement belle, avec ses grands yeux verts, l'ovale parfait de son visage, sa silhouette de rêve. À côté d'elle, même Laurence Durel aurait paru fade.

Tellement belle… et tellement repoussante.

Aymeric ne la voyait plus avec le même regard. Le mirage s'était estompé dès l'instant où elle avait révélé sa véritable nature. Le charme avait été aussitôt rompu et, depuis lors, elle ne lui inspirait plus que dégoût, haine et terreur.

Elle prit une pose aguicheuse, pencha la tête sur le côté et fit papillonner ses yeux en disant :

— Affreuse, tu le penses vraiment ?

Aymeric n'entra pas dans son jeu et soutint son regard sans ciller.

— Il y a quoi, dans cette boîte ? demanda-t-il d'une voix qui se voulait ferme.

La réponse lui importait peu. Son seul objectif était qu'elle soit suffisamment immobile et proche pour qu'il puisse lui loger une balle dans le cœur.

Le Margilin sembla hésiter, puis finit par hocher la tête.

— Tu as raison… concéda le démon.

Il se remit à marcher d'un pas fluide et glissant autour de l'autel. Puis, usant d'un sortilège, parla simultanément de treize voix, en treize langues, afin que tous puissent le comprendre :

— Vous avez le droit de savoir, maintenant. Car vous êtes les treize légionnaires du chaos. Grande sera votre récompense si vous restez loyaux à notre maître. Vous deviendrez les premiers disc…

— Il y a quoi, dans cette boîte ? répéta Aymeric, en criant presque. Réponds !

Cette fois, la diablesse s'immobilisa complètement, les prunelles incandescentes. On sentait qu'elle faisait des efforts pour contenir sa fureur. Heureusement pour Aymeric, il n'avait pas encore donné son sang.

— Cette boîte, dit-elle de ses treize voix, renferme un mot. Un mot que l'ouïe ne peut supporter et que l'on ne peut écrire sur le papier, le parchemin, le bois ou la pierre sans que meure l'écrivain et que soit dissipée la matière dont il s'est servi. Un mot plus puissant que la mort et le néant eux-mêmes. Ce mot, c'est le véritable nom de notre maître. Un nom caché, que lui-même ignore, car il lui fut ravi à l'aube des temps. En ce jour glorieux, il va lui être restitué. Alors, un monde nouveau naîtra des cendres de l'ancien. Un règne qui s'étendra…

Elle se tut.

Aymeric, le bras tendu, la main tremblante, braquait un revolver sur elle.

— Je lis beaucoup de haine en toi, lança-t-elle avec un sourire féroce. C'est une force. N'hésite pas. Sois fort ! Tue-moi !

Le garçon n'hésita pas. Il plissa les yeux et appuya sur la gâchette. Trois coups consécutifs. Deux balles atteignirent leur cible.

Le Margilin recula sous l'impact. Mais au lieu du cri de douleur attendu, c'est un rire qui fusa. Un rire terrible qui résonna longtemps dans l'immense géode.

— Je te félicite, mon garçon ! lâcha finalement le démon. Pour ta récompense, tu seras le treizième.

Aymeric était au bord de l'évanouissement, dans un état second. Que devait-il faire ? Que *pouvait*-il faire ? Ses pensées étaient brouillées. La situation était sans espoir. De toute façon, il mourrait. Alors, autant ne pas subir cette mort. Ses yeux glissèrent sur l'arme qu'il tendait encore devant lui. Oui, c'était certainement cela, la solution. Et, qui sait ? Peut-être que son sacrifice serait utile… Qu'il empêcherait cette diablesse d'ouvrir cette boîte funeste.

« Inutile d'espérer : loge-toi une balle dans le crâne ; c'est le seul moyen de contrecarrer le plan de cette garce », songea-t-il.

C'est alors qu'une idée résonna sous son crâne. À moins que ce ne fût une voix.

— *Tire sur la boîte !*

Il hésita.

C'était comme si son esprit se rebellait contre l'idée d'une autodestruction.

— *Tire sur la boîte !* répéta la voix intérieure.

Dans un ultime effort de volonté, il décida de faire confiance à cette voix.

Il brandit une nouvelle fois son arme, le canon dirigé vers la boîte scellée.

Une ombre glissa alors sur le visage de la belle diabolique. D'un bond, elle s'interposa entre le tireur et sa cible. Elle ne riait plus. Ses bras se tendirent et Aymeric, poussant un hurlement, lâcha son revolver qui s'était brusquement enflammé.

— Ne t'avise pas de recommencer, sinon tu connaîtras le véritable sens du mot souffrance, cracha-t-elle en français. Retourne à ta place !

Puis, après un geste théâtral :

— Que la cérémonie se poursuive ! lança-t-elle en treize langues avant de reprendre sa danse endiablée.

Cette fois, c'était vraiment fichu.

Le garçon fit un pas en arrière en vacillant, puis ses jambes se dérobèrent sous lui et il s'effondra sur le sol de marbre.

— *Aymeric, ça va ?*

Encore cette voix…

— *C'est moi, Raphaël. Je suis là. Surtout ne parle pas.*

« Je deviens fou », pensa le garçon. C'était la seule explication.

— *Non, tu n'es pas fou. Je suis capable de lire dans tes pensées.*

Aymeric se releva à moitié et regarda autour de lui.

— *Ne bouge pas. Tu ne peux pas me voir, je suis invisible. Trop long à t'expliquer.*

Les jumeaux, restés en état vibratoire, avaient descendu un escalier de cristal et venaient de prendre pied sur la dalle de marbre, à quelques mètres seulement de l'étoile aux serpents.

Aymeric, puisant dans ses dernières ressources, se releva. Il tourna les yeux vers le Margilin qui virevoltait furieusement autour de l'autel.

— *C'est encore un de vos sales tours*, jugea-t-il.

— *Non, ce n'est pas elle. C'est moi, je te dis. Je sais que c'est dingue, mais c'est vrai. Je suis derrière toi et je communique avec toi par télépathie. J'entends ce que tu penses.*

— *Alors prouve-le !*

— *Notre surnom, c'est Rapharic. Nous faisons partie de la SSR qui comprend trois membres : toi, moi et Oran. Tu aimes le camembert qui pue et tu détestes le Louvre.*

Raphaël perçut encore une hésitation dans l'esprit de son ami. Puis cette question :

— *Comment s'appelle mon hamster ?*

— *Tu n'as pas de hamster mais un lapin nain. Il s'appelle Chpountz et n'arrête pas de bouffer les fils électriques. Il y a deux mois, il s'est pris une décharge et maintenant il a les poils tout frisés.*

À présent, Aymeric était convaincu.

— *Qu'est-ce que tu fous là ?* demanda-t-il en pensée.

— *Je te raconterai après. Je sais tout au sujet de la montre. Et Raphaëlle est là aussi.*

— *Salut Aymeric*, intervint-elle. *Bravo pour ce que tu as fait : c'était super courageux.*

— *Et super inutile*, précisa mentalement Aymeric. *Content que vous soyez là, mais on fait quoi, maintenant ?*

— *On a un plan*, reprit Raphaël. *Grâce à toi, on sait que la boîte peut être détruite. Quand Raphaëlle donnera le signal, vous devrez tous faire diversion.*

— *Tous ?* s'étonna son ami.

— *Oui, nous allons prévenir les douze autres par télépathie.*

Après un temps de silence, le stromillon ajouta :

— *On va peut-être y passer, mais si la boîte est ouverte, c'est la cata. Probablement la fin du monde.*

Son message provoqua une certaine effervescence dans l'esprit d'Aymeric et il fallut attendre quelques secondes pour qu'une pensée claire émerge :

— *Rien que ça… Bon, ben, si je ne m'en sors pas, je compte sur toi pour expliquer… ce que tu peux à mes parents.*

— *Promis.*

— *Vive la SSR !*

— *Grâce à toi, la SSR a accompli son premier vrai acte héroïque*, dit Raphaël.

— *Et bientôt son deuxième…*

— *Nous passons le message aux autres*, intervient Raphaëlle. *Tiens-toi prêt.*

Déjà, le Margilin s'était immobilisé devant une adolescente, l'invitant à rejoindre l'autel.

Aidés par leurs précieux babels, les jumeaux s'insinuèrent dans les pensées des jeunes « élus ». Aussi vite et précisément qu'ils purent. Raphaëlle se chargea des filles, Raphaël des garçons. Ils ne réussirent pas à tous les convaincre mais, au moins, la consigne était passée.

Quand ils eurent terminé, le douzième sceau était brisé.

Les jumeaux s'avancèrent vers l'étoile à treize branches, flottant quelques centimètres au dessus du sol. Pour éviter que le bruit de leurs pas sur le marbre ne les trahisse, ils avaient opté pour la lévitation. Les nerfs plus tendus que les cordes d'un piano, ils franchirent le cercle formé par les treize otages.

Une douleur cuisante leur vrilla soudain le cerveau, comme si mille aiguilles s'étaient plantées dans leur crâne. La souffrance était insoutenable. Raphaël se mordit la lèvre jusqu'au sang pour ne pas hurler. Raphaëlle laissa échapper un cri suraigu. L'un après l'autre, ils perdirent leur invisibilité et s'effondrèrent lourdement sur la dalle de marbre.

À trois mètres à peine de l'autel.

À trois mètres, aussi, du Margilin.

Avec un sourire cruel, le démon les regarda se tordre sur le sol comme des vers de terre.

— Voilà donc nos invités surprise, lâcha-t-il. Je sentais votre présence.

— MAINTENANT ! hurla Raphaëlle, les paumes

plaquées sur ses tempes, comme si elle voulait empêcher sa tête d'imploser.

Aymeric fut le premier à réagir. Il se mit à pousser des cris d'animaux et à courir dans tous les sens, incitant les autres à l'imiter. Une agitation indescriptible gagna alors les rangs des autres « élus » : trois d'entre eux – dont Fang – se mirent à sauter en l'air en tapant des mains ; une fille brailla à tue-tête un cantique en multipliant les signes de croix… et les huit autres profitèrent du désordre pour se précipiter vers l'escalier menant vers la sortie.

— *HAS ABRAHEL BAALZEPHON XEZBETH !* hurla le Margilin d'une voix bestiale, en brandissant les poings.

À cette invocation infernale, les serpents dessinés sur la grande dalle prirent aussitôt vie, jaillissant du marbre. Ils rampèrent à une vitesse fulgurante en direction des fuyards qui se bousculaient sur les premières marches de l'escalier de cristal. Aucun des huit ne put s'échapper. Les serpents fondirent sur leurs proies qu'ils immobilisèrent en enroulant leurs anneaux autour de leurs jambes, puis de leur cage thoracique.

Aymeric, Fang et les trois autres qui avaient eu la sagesse de ne pas s'enfuir restèrent pétrifiés devant le spectacle, les yeux agrandis par l'horreur.

— Et maintenant, à nous… reprit calmement le démon en se rapprochant des jumeaux qui gisaient encore à terre, le cerveau en feu. *ARIORCH !*

À peine eut-il prononcé ce dernier mot que la douleur les quitta. Aussi soudainement qu'elle était venue. Ils se relevèrent péniblement. Aymeric, plus pâle qu'un linge, se rapprocha d'eux en titubant.

Le Margilin les considéra l'un après l'autre, l'air triomphant.

— Trois humains pour un seul sceau… Cela fait deux humains de trop, lâcha-t-il avec une expression perverse. Je laisserai la vie sauve au premier de vous trois qui se portera volontaire pour donner son sang.

Raphaël fut le premier à lever le bras, les yeux baissés.

Sa sœur poussa un cri d'indignation :

— T'es cinglé ! Tu ne vas pas entrer dans son jeu ?

— Désolé, mais je suis au bout du rouleau, répondit le stromillon d'un air las. Maintenant, c'est chacun pour soi.

Il esquiva le regard d'Aymeric qui le fixait, la bouche ouverte, avec une expression dégoûtée.

— Mais t'es qu'une ordure ! Va au diable !

Le Margilin jubilait.

— Comme c'est désolant, dit-il avec un petit rire. Je suis navré pour vous. Vraiment.

Puis, se tournant vers Raphaël :

— Tu seras donc le treizième. Allons-y. L'heure est venue.

Ils marchèrent côté à côte jusqu'à l'autel.

D'un geste volontaire, Raphaël étendit son bras gauche au-dessus du treizième sceau. Avec une joie sauvage, le démon dressa sa griffe.

Ensuite, tout se passa à la vitesse de l'éclair.

Une hache apparut dans la main droite de Raphaël. Son bras dessina un mouvement ample de l'arrière vers l'avant et, avec l'énergie du désespoir, il abattit l'arme sur la boîte en hurlant :

— PAR SAINT GEOOORGES !

Telle une bombe, la boîte explosa sous l'impact.

Une violente onde de choc projeta Raphaël plusieurs mètres en arrière. Des cristaux géants se détachèrent du plafond de la géode et vinrent s'écraser sur la dalle de marbre qui se lézarda sur toute sa largeur.

Puis ce fut le silence.

Raphaël se releva en chancelant. Dans sa bouche, il sentait le goût amer du sang.

Dans un état second, il vit la silhouette de la diablesse se dresser devant lui, au milieu des décombres. Elle s'approcha, les traits de son visage déformés par une haine indicible.

— Tu vas payer… cracha-t-elle.

La hache gisait à quelques mètres de Raphaël. Une hache qui fondit soudain avant de se transformer en une longue lance. La lance de saint Georges.

Mais Raphaël savait que c'était trop tard. Il n'avait plus ni le temps ni d'ailleurs la force de lutter.

Alors, il regarda la mort en face.

Le Margilin étendit un bras et sa main crispée esquissa un mouvement rapide, comme pour dévisser un couvercle invisible.

La tête de Raphaël pivota sur elle-même et fit un demi-tour dans un craquement sinistre d'os qui se brisent. Une douleur fulgurante, insoutenable, traversa son cou et tout son corps.

Et il s'effondra dans un râle.

Sa tête heurta violemment le marbre, mais il ne le sentit même pas.

Son cœur avait cessé de battre.

Immédiatement, son âme s'échappa de son corps. Il n'éprouva plus aucune souffrance. C'était même le contraire. Un bien-être l'envahit, proche de l'euphorie. Il avait déjà eu cette sensation. Oui, il s'en souvenait, à présent.

Plus léger que l'air, il s'éleva.

Autour de lui, tout commença à s'estomper, comme si le brouillard montait à l'intérieur de la géode.

Comme dans un rêve, il vit encore Raphaëlle, Ascalon à la main, murmurer une prière à la hâte et transpercer la poitrine du Margilin qui, instantanément, s'embrasa telle une torche et rejoignit le néant en se consumant.

Avant que le décor ne disparaisse totalement, Raphaël voulut dire adieu à sa sœur, à son ami. Il voulut leur crier de ne pas être tristes.

Mais, déjà, toute matière s'était dissipée.

ÉPILOGUE

La porte d'or…

À présent, tout l'esprit de Raphaël était focalisé sur elle.

Il croisa une autre âme, flottant comme lui dans l'éther, une dame qui lui fit un signe de la main en lui souhaitant bon voyage. Elle n'allait pas dans la même direction et, bientôt, ils se perdirent de vue.

Raphaël, lui, se dirigeait vers la porte d'or. Il l'apercevait déjà, au loin, nimbée de lumière.

Elle l'attirait, l'appelait.

Irrésistiblement.

Totalement.

Comme la première fois, elle s'ouvrit.

Comme la première fois, Raphaël observa la forme éblouissante qui semblait l'attendre.

Mais cette fois, rien ne l'empêcha de franchir le seuil de la porte d'or.

Il entra. Ou sortit, difficile de dire…

Raphaël se serait attendu à tout, mais certainement pas à ce qu'il découvrit, de l'autre côté.

Passée la porte, il se retrouva dans un salon.

Pas n'importe quel salon : celui de la maison où il était né, où il avait grandi. Tout était exactement à sa place, à un détail près : à l'endroit de la cheminée, il y avait une cabine d'ascenseur.

— Soyez le bienvenu, dit un homme en refermant derrière lui la porte, qui s'évanouit aussitôt, comme avalée par le mur.

Après avoir balayé la pièce du regard, le stromillon se tourna vers celui qui venait de lui parler et le dévisagea attentivement.

— Je vous connais, vous… dit-il en plissant les yeux.

— C'est exact, nous nous sommes rencontrés à deux reprises, acquiesça l'hôte. Sans compter les rêves, bien sûr.

— Et… je suis mort, là ?

— Oui et non.

— Comment ça, oui et non ?

— C'est un peu dur à expliquer. Disons que vous n'êtes plus *en bas*, mais vous n'êtes pas encore *en haut*.

— Je suis une sorte de fantôme, alors ? demanda Raphaël.

— Non, simplement une âme.

— Et pourquoi je me retrouve ici, à la maison ?

— Oh, vous savez, ce n'est qu'un décor. Rien de tout cela n'existe vraiment. J'ai simplement pensé qu'il vous serait agréable de retrouver un endroit familier en entrant ici.

— *Ici* ? Mais on est où, ici ? Au ciel ?

L'homme éclata d'un rire cristallin, comme si c'était la chose la plus drôle du monde.

— Non, non, ici c'est simplement le *sas*.

— Le sas ?

— Oui, vous savez, comme vos sas de décompression, sur terre. Sauf qu'ici, c'est un sas entre en haut et en bas.

— Ah, fit Raphaël. Et je suppose que vous êtes mon ange gardien.

— Pas exactement.

— Vous êtes qui, alors ?

— Je suis bien un ange gardien, mais pas le vôtre. Depuis maintenant dix siècles, j'ai le privilège d'être attaché à celui ou celle que vous appelez Maëstrom.

Raphaël eut un sursaut.

— Maëstrom ! Vous voulez dire qu'il est là, dans ce… sas ?

— Oui, dans la pièce à côté.

— Je peux… le voir. Je veux dire… en vrai ?

— Bien sûr.

D'un pas glissant, l'ange traversa le salon, invitant Raphaël à le suivre. Il poussa la porte qui, normalement, aurait dû ouvrir sur la cuisine. Mais rien n'était normal dans ce sas, et l'endroit où ils entrèrent n'avait rien d'une cuisine.

Le garçon n'était pas au bout de ses surprises…

Sept jours avaient passé depuis le rapatriement de Raphaël dans la Commanderie du Louvre.

Il reposait paisiblement sur un grand lit blanc.

Comme dans la vision prophétique de Cybille.

À ceci près que Raphaël n'était pas exactement mort. Son âme s'était certes échappée, mais, cliniquement, il vivait encore.

Quelques instants après le coup fatal porté par le Margilin, son cœur s'était soudain remis à battre.

Inexplicablement.

Les médecins, par la suite, avaient diagnostiqué un « coma profond et mystérieux ». Et s'il n'y avait pas eu ce corset et tout cet appareillage médical, on aurait même pu croire que Raphaël était simplement endormi. Son lit avait été installé juste à côté de celui de sa mère.

En ce jour du Nouvel An, la salle des longs séjours de l'hôpital avait été décorée spécialement pour célébrer un événement inédit dans les annales de l'Organisation : Raphaël, âgé de seulement treize ans, allait être armé chevalier. Le protocole avait été modifié pour tenir compte de son état.

Numéro 7 entra, en habit de cérémonie, suivi par tous les membres du Commando 37 et de quelques stromillons de la promotion des jumeaux.

Raphaëlle, Tristan et Arthur, déjà présents, les accueillirent. Aymeric était là, aussi, au chevet de son ami. À titre exceptionnel, eu égard au courage dont il avait fait preuve face au Margilin, Maëstrom était personnellement intervenu auprès des chanceliers pour qu'il ne soit pas effacé. Comme le garçon n'avait pas la double aura, le collège avait décidé de le nommer « honorable correspondant » de l'Organisation, sous la surveillance vigilante de l'ancien mouchard de Raphaëlle. Il avait, bien sûr, été libéré de sa montre maléfique, transférée dans le musée de l'insolite.

Sparadrap était également présent, sous la forme d'une imposante armure, dressée à côté du lit de son maître. Il avait fait le vœu de veiller sur lui jusqu'à son réveil. Un réveil qui, aux dires des spécialistes, était très improbable. Mais il en fallait bien plus pour avoir raison de l'entêtement du komolk.

— *Draco draconem adversus bellat*, telle est notre devise, dit solennellement Numéro 7 en s'adressant à Raphaël, sans savoir si celui-ci l'entendait. En ce premier jour de la nouvelle année, vous allez être intronisé chevalier au sein de notre organisation. Votre sœur prêtera serment pour vous et nous en serons tous témoins.

Puis, se tournant vers Raphaëlle :

— Pensez-vous votre frère digne de cet honneur et de cette charge ?

— Oui, il a eu l'occasion de le prouver, jusqu'au péril de sa vie, répondit-elle, la voix étranglée par l'émotion.

Tristan s'avança.

— Je sollicite l'adoubement de Raphaël Chêne, mon filleul.

— Pourquoi désire-t-il entrer dans notre chevalerie ? S'il recherche la richesse ou les honneurs, il n'en est pas digne.

— En tant que sa sœur, clama Raphaëlle, je peux témoigner qu'il a toujours été animé par le désir de servir son prochain et de poursuivre la quête du dragon d'or.

Numéro 7 leva son épée, puis donna trois coups du plat de sa lame en prononçant la formule rituelle :

— Par saint Michel et par saint Georges, nous te faisons chevalier. Reste vaillant, loyal et généreux.

Et c'est Arthur qui, refoulant ses larmes, eut le privilège d'accrocher la médaille d'or de saint Georges au cou de son ami.

— Tu nous manques, en profita-t-il pour glisser à l'oreille de Raphaël. Si tu m'entends, débrouille-toi pour revenir…

Arthur se releva.

Puis toute l'assemblée applaudit. Même l'armure, qui ajouta :

— Sieurrr Rrraphaël serrra un grrrand séide ! Je l'ai toujourrrs dit !

Au même moment, là-haut, Raphaël pénétrait dans une réplique presque parfaite de la salle de la Table ronde.

On n'observait que deux anomalies.

La première était visible sur le mur de gauche, qui aurait dû être nu et qui ouvrait sur une cabine d'ascenseur identique à celle du salon.

Mais c'est la seconde anomalie qui capta immédiatement et totalement l'attention du garçon. En face de lui, de l'autre côté de la grande table, sous l'immense fresque, il n'y avait pas un, mais deux trônes. Tous deux occupés.

Un homme avec une barbe rouge feu était assis sur le premier.

Sur l'autre trône se tenait une femme. Une femme qui fixait Raphaël avec un regard intense. Elle avait les yeux baignés de larmes, néanmoins, elle souriait.

Raphaël ouvrit la bouche, mais aucun son ne franchit ses lèvres. Il crut qu'au plus profond de lui, un barrage venait de céder, répandant dans toutes les fibres de son être l'émotion la plus douce qu'il ait jamais ressentie de toute son existence.

Et c'est à peine s'il entendit l'ange parler :

— J'ai l'honneur de vous présenter le Maëstrom, annonça-t-il. Comme vous pouvez l'observer, ils sont deux à occuper cette charge éminente. Antonin Speiro, qui est arrivé ici il y a trente ans, après une glorieuse carrière au sein de l'Organisation. Et Élise Chêne, votre mère…

Elle se leva, tendit les bras vers son fils.

— Je rêve de ce moment depuis si longtemps… dit-elle, la voix brisée.

Contournant l'immense table, Raphaël se précipita vers elle et ils s'étreignirent dans un long sanglot, se couvrirent de baisers, puis échangèrent tous ces mots de tendresse qui, trop longtemps enfouis, jaillissaient de leurs cœurs comme un fleuve qui déborde.

— Comment est-ce possible ? dit finalement Raphaël, piochant un peu au hasard l'une des mille questions qui se bousculaient dans sa tête. Je t'ai vue, en bas.

— Tu as vu mon corps, répondit-elle. Mais mon âme est ici.

— Tout comme moi et tout comme vous, intervint l'autre Maëstrom. Nos trois corps gisent dans la même salle, en bas. Mais nos esprits sont maintenant réunis ici, dans le sas. Pourquoi ? C'est une longue histoire. Une histoire dont nous ne connaissons d'ailleurs qu'une partie. Le reste nous dépasse. En tout cas, nous sommes bien heureux de vous voir ici. Votre mère vous le dira, mais nous avons suivi de très près vos aventures depuis votre entrée dans l'Organisation, jeune séide.

— Je ne suis que stromillon, corrigea Raphaël.

L'homme eut un petit rire.

— J'ai bien dit séide, dit-il. Regardez autour de votre cou.

Raphaël baissa les yeux et constata en effet que sa médaille d'argent s'était muée en or.

— En bas, tu viens d'être promu, expliqua sa mère avec une pointe de fierté dans la voix. Ta sœur ne le sait pas encore, mais elle le sera aussi, lors de la prochaine fête de la Saint-Georges.

Raphaël baignait dans une douce euphorie. Il ferma les yeux pour jouir de ce moment de félicité pure. Un instant, il eut peur que tout ceci ne soit qu'une illusion ou un rêve. Mais quand il rouvrit les yeux, sa mère était toujours là, souriante.

— Tout cela est bien réel, dit-elle. Même si c'est une réalité différente de celle que tu connais. Au début, c'est bizarre, mais on finit par s'y habituer.

Raphaël jeta un regard alentour et demanda :

— L'ange m'a dit que nous étions dans une sorte de sas, ça veut dire quoi, exactement ?

— C'est un monde beaucoup plus proche de celui des anges que de celui des humains, répondit Élise. Tout est esprit. La seule chose qui nous distingue du monde des anges, c'est que le temps se déroule ici comme sur Terre. Sinon, nous pouvons voir tout ce qui se passe en bas, un peu comme si nous étions dans une tour de contrôle. Nous pouvons même apparaître où nous voulons, quand nous voulons, et sous l'apparence que nous souhaitons.

Elle marqua un temps de silence avant d'ajouter :

— Depuis dix ans, je n'ai cessé d'être avec vous, mes enfants. Je vous ai vus grandir. Invisible, mais présente. Pour chacun de vos anniversaires, j'étais là.

Je vous ai même parlé, plusieurs fois, mais je ne pouvais bien sûr pas révéler qui j'étais.

— Je m'en souviens, maintenant, murmura Raphaël d'une voix blanche. Le jour de l'enterrement de papa, il y a une vieille dame qui nous a pris dans ses bras, Raphaëlle et moi…

— Oui, c'était bien moi. Tu vas voir, beaucoup de souvenirs vont te revenir. Même ceux profondément enfouis dans ta mémoire. Les pouvoirs du Strom sont beaucoup plus puissants, ici.

— Vous saviez que j'allais mourir ?

— Mais tu n'es pas mort, Raphaël. Ton âme a juste quitté ton corps.

— Oui, enfin… je veux dire : vous saviez que j'allais arriver ?

— Non. Mais nous avons su avant vous ce que réservait la trente-septième prophétie et le risque que l'humanité encourait.

— Pourquoi suis-je là ?

— Bonne question, intervint Antonin Speiro. Pourquoi sommes-nous là ? Nous aimerions pouvoir te répondre. Cela reste un grand mystère, même pour nous. Nous savons simplement quelle est notre mission.

— Ton âme, comme la nôtre, a été appelée par la porte d'or, ajouta Élise. Cela veut dire que tu as maintenant un choix à faire.

— Un choix ? s'enquit Raphaël.

— Si tu as envie de pleurer, vas-y, dit-il. C'est pas bon de tout garder en toi.

— Le réservoir est à sec, répondit Raphaëlle avec un sourire triste. Mais c'est gentil.

Ils restèrent assis, observant l'horizon en silence, jusqu'à ce que le soleil incendie les toits de Paris.

— C'est beau, dit platement Arthur. Ce qui est sympa avec la nuit, c'est qu'après, il y a le jour qui se lève...

Maladroitement, il ajouta :

— Eh ben c'est pareil quand on a le moral dans les chaussettes.

— T'es un grand poète... se moqua gentiment Raphaëlle. T'en as d'autres, comme ça ?

— Des tonnes. Un : « après la pluie, le beau temps », deux : « il faut voir le verre à moitié plein et pas le verre à moitié vide », trois : « la beauté, c'est comme des verres de contact : elle est dans les yeux de celui qui regarde », quatre...

— Stop, c'est bon ! J'ai vaguement saisi l'idée.

— Bon, je sais, c'est un peu tarte à la crème, excusa le stromillon. Et puis tu sais, en fait, j'avais un truc important à te dire...

Raphaëlle se tourna vers Arthur, un peu intriguée.

— Tu sais à quoi il ressemblait, pour moi, le Marlin ? reprit-il.

Elle fit non de la tête.

— Eh bien cette saleté, cette ordure, cette rature... elle avait ta tête.

D'un geste de la main, Élise indiqua l'ascenseur.

— Viens, dit-elle.

Tout en marchant vers la cabine, elle expliqua :

— Dans le sas, nous pouvons modifier le paysage et les décors au gré de notre imagination, mais il y a une chose qui ne peut pas être changée, c'est cet ascenseur.

Elle ouvrit la porte et invita Raphaël à regarder à l'intérieur de la cabine.

— Que vois-tu ?

— Ben... deux boutons. L'un marqué *Haut*, l'autre *Bas*.

Elle se tourna vers Antonin Speiro et ils hochèrent tous les deux la tête d'un air entendu.

— Dans ce cas, ça veut dire que si tu le souhaites, ton âme peut rejoindre ton corps, expliqua Élise. Pour moi, dans cet ascenseur, il n'y a qu'un seul bouton : *Haut*.

— Quant à moi, je suis comme vous, jeune séide, ajouta l'autre Maëstrom. Je vois deux boutons.

— Ça veut dire que vous auriez pu vous réveiller de votre coma ? supposa Raphaël.

— Exactement. Mais j'ai choisi de rester dans le sas pour aider l'Organisation. Et d'attendre la relève...

— La relève ?

— Depuis des siècles, l'Organisation est dirigée par deux chanceliers suprêmes. Pour devenir Maëstrom, il faut avoir certaines qualités et, entre autres, avoir donné sa vie pour le bienfait de l'humanité. Puisque tu as été appelé par la porte d'or, cela veut dire que tu as maintenant trois possibilités : rejoindre ton père, là-haut ; rejoindre ta sœur, en bas…

— Ou rester avec moi, ici, acheva Élise.

— Et… si je choisis de rester, ça veut dire que…

— Tu deviendras Maëstrom, à mes côtés.

— Et moi je prendrai l'ascenseur pour un dernier voyage, ajouta le vieux séide. Mon sort dépend de ton choix.

— Et je suppose que si je redescends, tout ce que j'aurai vu et appris ici sera effacé ?

Les deux Maëstrom acquiescèrent.

Raphaël resta un long moment songeur.

Des tas d'images défilèrent à toute vitesse dans sa tête, depuis ce jour où il avait mis pour la première fois les pieds dans l'Organisation. Puis il pensa à sa sœur, à ses amis, à son parrain. À son père, dont le souvenir commençait à renaître dans sa mémoire. Et à sa mère.

Le choix était cornélien…

— J'ai combien de temps pour me décider ? demanda-t-il après un long silence.

C'est l'ange, jusque-là resté en retrait, qui s'avança pour répondre :

— Par tradition, nous laissons sept jours de réflexion aux élus.

L'aube avait rosi le ciel qui, à présent, tour[n] au bleu tendre. Pas un nuage au-dessus de Paris journée s'annonçait belle.

Assise seule sur un banc au milieu de la passe[r]des arts, Raphaëlle contemplait d'un œil triste [] qui s'éveillait.

Le spectacle était magnifique, mais son cœu[r] gnait.

Une semaine s'était écoulée depuis l'adoube[ment] de son frère, quinze jours depuis son « dépar[t] elle se sentait plus seule, plus orpheline que ja[mais]

En public, elle arrivait à faire bonne figure au fond d'elle, c'était un véritable champ de r[uines]

Une main se posa sur son épaule.

La main d'Arthur.

— Je peux m'asseoir avec toi ? demanda-t-[il]

— Comment tu as su que j'étais là ?

— C'est l'Œil qui a mouchardé. Je n'arri[vais] à dormir. Je voulais te parler, mais j'ai vu qu[e] n'était pas défait. Tu as passé la nuit ici ?

— J'aime bien cet endroit, murmura Ra[phaëlle] Le soleil va bientôt se lever.

Arthur déplia une couverture qu'il ava[it] précaution d'emporter et la déposa douce[ment sur] les épaules de son amie.

— C'est sympa, je commençais à avoir [froid] elle en frissonnant.

Puis son regard se fit lointain et Arthu[r] quoi elle songeait.

Joignant le geste à la parole, il glissa sa main dans la sienne.

Raphaëlle sentit une douce chaleur l'envahir. Et ce n'était dû ni à la couverture, ni aux premiers rayons du soleil…

À cet instant, son regard accrocha un vieux couple qui se promenait sur le pont, marchant à petits pas dans leur direction. La femme portait un grand châle blanc et tenait son mari par la main. En passant devant le banc où Raphaëlle et Arthur étaient assis, le couple marqua un temps d'arrêt.

— Vous êtes charmants, tous les deux, dit le monsieur avec un clin d'œil. Je vous souhaite une bonne année.

La vieille dame dut remarquer un voile de tristesse sur le visage de Raphaëlle, car elle ajouta :

— Souriez à la vie, jolie demoiselle. Vous avez tout pour être heureuse.

Un peu intriguée, Raphaëlle regarda le vieux couple s'éloigner.

Il y eut un coup de vent. Les extrémités du châle de la dame se déployèrent soudain, formant l'espace d'un instant deux ailes blanches. Deux grandes ailes de papillon.

Alors, d'un seul coup, une indicible bouffée de bien-être envahit Raphaëlle, comme si le vent avait touché son âme, emportant peu à peu son chagrin, dissipant sa tristesse et dégageant l'horizon.

Elle posa sa tête sur l'épaule d'Arthur et poussa un léger soupir.

Au même instant, dans les sous-sols du Louvre, Raphaël rouvrit les yeux…

FIN*

* « Je ne crois pas aux fins définitives, car ce que l'on appelle fin n'est souvent que le début d'autre chose… » Maëstrom.

TABLE DES MATIÈRES

Remerciements... et félicitations

Numéro 7 nous prie de féliciter Maureen Derame-court, Émilien Ordonneau, Thibaut Galis, Céline Jourdan, Jari Leliveld, Valentin Barbot, Alice Delepierre et Rayan El Kholdi qui ont atteint le grade d'alchimistes sur le forum *www.strom-la-serie.leforum.tv*.

Nous voulons remercier notre fille Lætitia, ainsi que Sébastien Le Maout, Basile Imbert, Johanna Bonet, Paul et Marie Martinez, Stanislas et Quitterie Sartini, Frédéric-Paul et Charlotte Martin, Michaël Dor, Bénédicte Repain et Diane Berody pour leur enthousiasme, leur aide, leurs conseils ou leurs encouragements qui nous ont été aussi agréables que précieux.

Enfin, nous embrassons affectueusement nos deux futurs séides, Éric et Gaspard, pour le moment plus prompts à se battre à l'épée laser qu'à lire les livres de leurs parents.

STR🛡M
Confrérie
des Chevaliers de l'Insolite

Chers membres,

Pendant toute la durée de votre apprentissage, vous serez certainement témoins ou victimes de phénomènes insolites. Comme l'exige notre règlement, je vous invite à nous les signaler aussitôt, afin que l'Œil puisse diligenter une enquête.

Outre la ligne sécurisée dont vous avez déjà connaissance, je vous communique quelques adresses qui vous permettront d'entrer en contact avec l'Organisation à n'importe quel moment :

Le site officiel de l'Organisation : **www.strom-la-serie.com**

Le forum officiel de la Confrérie : **www.strom-la-serie.leforum.tv**

Ces adresses sont placées sous la surveillance permanente des séides-enquêteurs de l'Œil.

Je vous demande de les apprendre par cœur, puis de détruire ce message.

Numéro 7
Draco draconem adversus bellat